アナザー・マインド

×1《バツイチ》捜査官・青山愛梨

梶永正史

ハルキ文庫

角川春樹事務所

本書はハルキ文庫の書き下ろし小説です。

アナザー・マインド

×1《バツイチ》捜査官・青山愛梨

プロローグ

２０１０年8月30日。夏の終わりというのが憚《はばか》られるほどの熱帯夜だった。

十分ほど前に下りの最終電車が小田急《おだきゅう》線和泉多摩川《いずみたまがわ》駅を出発し、街は始発電車までの静寂の時間を迎えていた。

新宿から電車で三十分ほどの場所でありながら、この時間ともなれば出歩く人の姿はない。昼間の人口は五千人程度と言われ、犯罪率が比較的低い地域である。そのためか、街の雰囲気はどこかのどかで、十数年前に高架化された駅舎が違和感を抱えて浮き上がって見えた。

その高架にふたつの革靴の音が反響し、重なり合いながら灯《あか》りの消えたこの街を駆け抜けていた。通報を受け、駅交番を飛び出したふたりの警察官のものだった。

前を走る倉田《くらた》巡査は今年、警察学校を出たばかりの新人で、大学では陸上部に所属していたことから脚力には自信を持っていた。いち早く現場に駆けつける。その使命感もあって脚には自然と力がはいっていた。重い装備を身にまといながらもスピードに乗った矢先、後を追うベテラン警官から呼び止められた。

「倉田っ、待て！」

倉田は不審感と焦燥感の混ざったような表情で振り返った。

呼び止めたのは、地域課一筋三十年のベテラン警察官、明石保《あかしたもつ》巡査部長。制帽の下はすっかりはげ上がっているし、たるみはじめた腹は毎年、ベルトの穴の位置をひとつずつずらしていくほどだ。昇進の意欲はとうの昔に消え、妻が飼い始めたビションフリーゼにも懐かれていない。

それでも接する人に親近感と安心感を与える笑みは、町のお父さんとして地域住民からの評価は高かった。

若手の育成にも熱心で、卒配された警察官に基礎をみっちりと教え込む。その寝食共にする勢いの姿勢は最近の若者には敬遠されがちでもあったが、明石のもとで経験を積んだ者たちの多くは、いまだに「おやっさん」と言って頼ってくる。

明石には、現場へ急ぐ倉田の気持ちがよくわかった。普段ならそうさせただろう。

しかし、いま、ひとりで先行させたくなかったのには理由があった。これから確保しようとする人物が、上半身に血を浴びているとの情報があったためだ。

凶器を持っている可能性もある――。

これからの警察の原動力となる若い力を、守り育てねばならない。明石はその思いを、人一倍強く抱いていた。

やがてふたりは、小田急線のガード沿いをふらふらと歩く人物を確認した。その周りを、恐る恐るといった感じで数人の男が追従していて、その中のひとりが手を上げた。自分が通報者だと名乗った。

「どうしたらいいのかわからなくて」

聞けば、大学のサークル仲間で集まって飲んでいたが、終電を逃したために朝まで営業している店を探していたところ、多摩川の方から、血を浴び、うつろな表情で歩いてきた男と遭遇したという。

「わかりました。離れていてください」

明石は五メートルほど前を歩く男の後ろ姿を観察した。

逃げる気配はない。ふらふらとした足取りだが、酒に酔っているという雰囲気でもなかった。少し長めの襟足から伸びる細くて長い首が、ＬＥＤの街灯に白く反射していた。だらんと下げた両手に凶器はない。だが用心をしながら回り込む。

そしてギョッとした。男が着ている白いシャツが、胸から上にかけて真っ赤に染まっていたからだ。

そして、その生気のない顔を見て、明石はあっと声を上げた。

「君はタカシ君じゃないか？」

タカシと呼ばれたその男は明石の顔を見ると、急にオドオドしながらも、こくりと頷《うなず》いた。よく見ると、目や口の横が鬱血《うっけつ》しているのが確認できた。

「誰かに殴られたのかい？」

尋ねると、タカシは鳩《はと》のように頭を動かしながら地面を見つめる。

しかし、シャツに付着している大量の血痕《けっこん》は、殴られた程度のものではない。

「怪我《けが》の手当てもしたいし、おじさんと行こうか。ね？」

ゆっくりと手を伸ばし、青年の肩に手を置くが、するりとかわされた。その動きは機敏というよりも、猫のようななめらかさだった。

耐えきれずに前に出た倉田が腕を摑《つか》んだ。

「いいからこっちに来なさい」

それがスイッチになっていたかのように、タカシは静寂を切り裂くような奇声を発し、暴れ出した。

「無理強いはいかん」

明石は間に入ってタカシをなだめようとしたが、もう止まらなかった。タカシはまるで自分の声を聞きたくないというように両耳をきつく押さえ、激しく足踏みをしながら叫び続けた。

こうなると取り押さえるしかなくなり、到着した応援と共にパトカーに押し込むことになった。調布署《ちょうふ》で事情を聞くために担当警官に身柄を引き渡したが、明石もいたほうがいいだろうということになった。

タカシを乗せたパトカーをもう一台で追う。助手席に倉田、明石は後部座席に乗り込んだ。

倉田が身をよじるようにして聞いてきた。

「明石さん、あの男をご存知《ぞんじ》だったのですか？」

前走のパトカーに目を向けると、後部座席でふたりの警察官に挟まれたタカシが、激しく体を揺すっている様子が見えた。

「ああ、そうか。お前はまだ知らないか。彼は三枝孝《さえぐさたかし》、元和泉二丁目の自閉症の子でな、駅のまわりとか、多摩川の河川敷をよく歩き回っているよ」

「そうでしたか。すいません、気付きませんでした」

地域警察官として観察力の無さを詫《わ》びるように頭を下げた。

「彼の両親は関係が上手《うま》くいっていなくてな、夫婦喧嘩《げんか》の仲裁に何回か行ったこともあったんだが、父親のほうはギャンブルにはまった挙げ句、二人を残して家を出ていっちまったらしい。母親は女手ひとつで育ててはいるが、大変だろうな。ほら、駅の反対側に弁当屋があるだろ。母親はあそこで働いている」

「そうだったんですね。でも、いったいどうしたんでしょうか。あれが本人の血ではないのなら……」

「ああ。血を流している人間がどこか他にいるってことだ」

そこに無線がはいった。

〝警視庁から各局、小田急和泉多摩川駅、高架橋から下流、多摩川河川敷で男性が倒れていると入電中――〟

ハンドルを握っていた地域課の男が、バックミラー越しに目を合わせながら聞いてきた。

「たもっさん、これって」

「ああ、行こう」

倉田が無線機のマイクを取った。

「調2から本局、これより現場に向かいます」

明石が乗ったパトカーはサイレンを鳴らしながら鋭くUターンをすると、現場へ向かって加速した。

和泉多摩川駅から見て下流の駒井《こまい》西交差点近く。すでにパトカーが集まっていた。堤防を乗り越えて河川敷に降りる。蒸し暑い空気を拭《ぬぐ》ってくれるだけの風を期待したがほぼ無風で、滴り落ちた汗が、明石の襟を不愉快に湿らせながら落ちていった。

応援のパトカー、そして救急車が近づいてくるのが、混ざり合うサイレンでわかった。

「たもっさん、こっちです！」

この近くにも交番があり、そこの警察官が真っ先に現場に到着していたようだ。

駆け寄ると、背丈ほどの笹《ささ》の茂みの中に、うつぶせで横たわる男がいた。黒いTシャツに、紺色の短パンを着用している。

「到着したときは、すでに心肺停止状態でした」

所持していたという免許証を手渡され、明石は懐中電灯で照らす。被害者は白井《しらい》智秀《ともひで》、五十二歳、と思われた。

思われた、というのはこの時点では人相の照合ができなかったからだ。後頭部から激しく出血しており、それが顔面を赤黒く染めている。

明石はしゃがみこむと、白井を観察した。後頭部はかなりの衝撃を受けたようだ。大きく陥没していて、テーブルの角にコツコツとぶつけられた卵を連想した。

それを見た倉田が妙な咳《せき》をしはじめた。喉《のど》を逆流するものを、握りこぶしを口元に当てながらなんとか抑えていた。

「大丈夫か？　吐いてもいいが、あっちで。現場は汚すなよ」

「すいません。大丈夫です」

倉田は涙目になっていたが、深呼吸をして耐えた。それから思案顔の明石を覗《のぞ》き込んだ。

「明石さん、どうかされましたか？」

「いやな、この男も知っているんだ。ちょっと乱暴で、年中酔っぱらっているような奴だった。タカシをからかったり、ちょっかいを出したりするところを何度か止めに入ったこともある」

「えっ、それってつまり、嫌がらせをされたタカシがキレて、返り討ちにしたということですか？」

キレた、という表現は好きではなかったが明石は頷いた。

「その可能性も否定できない」

「自業自得ですか」

「そう軽く言うな。この白井にも奥さんと娘さんがいたはずだ。お前は遺族にそう言えるのか」

倉田は、すいません、と頭を下げた。

明石は蒸せ返るような熱気を溜《た》め込んだ帽子を脱ぐと、額の汗を拭った。

響き渡るサイレンに負けないほどの虫の音が、周囲を包み込んでいた。

1

金曜日。まだ昼間の太陽熱を放熱しきれていない夕方の中目黒駅《なかめぐろ》。オフィスや住宅街、そして都内でも有名な繁華街でもあるこの街を目指してきた多くの人たちが駅から吐き出されていた。

中目黒は洒落《しやれ》たカフェや昭和の風情を残す飲み屋街などが共存する人気の街で、「住みたい街ランキング」の常連だ。中目黒駅のホームが跨《また》ぐ山手通りと平行して流れる目黒川は桜の名所で知られるとともに、セレクトショップなども多く軒を連ねている。

ただでさえ混雑するこの時間、駅周辺は騒然となっていた。まだ明るさを残す空ではあったが、駅に隣接するオフィスビルの影に埋もれた路地や壁には、集結したパトカーや救急車の赤色灯の光が激しく這《は》い回っていた。

綺麗《きれい》だな。

青山愛梨《あおやまあいり》は不謹慎ながらもそう思った。

しかしその鮮やかな赤色は血の色でもあるのだ、と思い直す。

「お前、コロシの現場はじめてだよな」

隣を歩く有賀《ありが》が言った。警視庁捜査一課殺人班の班長であり、愛梨の上司だ。身長は一六五センチの愛梨とほぼ同じなので、男性としては小柄になるのかもしれない。しかし機動隊出身ということもあってか、内なるエネルギーが一挙手一投足に溢《あふ》れ出すようだ。

愛梨は念願叶《かな》って警視庁本部に配属されて、まだ一週間もたっていなかった。右も左もわからないうちに殺人事件が発生し、いまこうして現場に臨場することになった。

これまで所轄の刑事として殺人現場に赴くことはあったが、本庁の刑事としては、これがはじめてになる。

後ろで束ねていた髪の毛を一旦《いったん》ほどき、汗でうなじに張り付いていた髪の毛を掻《か》き上げてもう一度きつく結び直す。そして『捜一』の腕章を腕に通しながら、現場に向かって大《おお》股《また》で進んだ。

二人の姿を確認した制服警官が、バリケードテープを引き上げてくれた。前までは逆の立場だったからか、つい「ありがとうございます」と言ってしまう。

もちろん、刑事は昇進を機に所轄と本庁を行き来することが多いので、どちらが偉いなどということはない。ただ、こういう事態にさっそうと登場する本庁刑事の姿に憧《あこが》れていたし、その立場にいる自分を誇らしく思った。

夢にまで見た本庁の刑事になったのだ。毅《き》然《ぜん》とした振る舞いと物言い。女だからってなめられるわけにはいかない。

「硬くなるな」

有賀が背中を叩《たた》く。

「はい」

しかし、その愛梨の返事は硬かった。

現場となったのは再開発事業の一環で建てられたゲートタウンタワー、通称GTビルの五階にある武田《たけだ》クリニックという心療内科。ここの医院長である武田が倒れているとの通報を受け、七分後に救急隊が現場に到着したものの、武田はすでに心肺停止の状態だった。所見で左側頭部を強打した痕《あと》が確認され、おそらくこれが致命傷だろうと考えられた。事故の可能性もあったが、室内がひどく荒らされていたため、刑事事件としても並行して捜査されることになった。

「お疲れ様です」

エレベーターを降りると、先着していた同じ班の河崎透《かわさきとおる》が声をかけてきた。班の中では愛梨と年齢が一番近いのだが、まだプライベートを話すほどの仲ではなく、新婚ということくらいしか知らない。どことなく神経質な印象で、口角を一センチでも持ち上げたところを見たことがない。

「班長、鑑識の話などを総合すると、どうやら事故ではないようですね。まぁ、上はまだ慎重な姿勢を崩していませんけども」

有賀は河崎に頷《うなず》いた。

「揉《も》み合った末にテーブルに頭部を強打した、ってところか。犯人に関する情報は？」

「目撃情報、遺留品など、有意なものはいまのところ見つかっていませんが、気になることがあります」

有賀が手袋をはめながら、目で先を促した。

「通報者はクリニック内の電話を使っているのですが、救急隊が到着したときには姿を消しています。また通報時に申告された氏名・連絡先等も架空だったようで、現在も連絡がとれない状況です」

愛梨は手帳にメモを取る。歩きながらだから字は乱れる。後で読み返せるだろうか。

「その通報者、怪しいな。初動は？」

「目黒署の刑事課と地域課が当たっていますが、まだそれらしい情報はありません。現場はあちらです」

河崎の先導で廊下を進む。警察官、鑑識、話を聞かれる同じフロアのサラリーマン。女刑事が珍しいのか、様々な人間の視線とすれ違う。

廊下の突き当たり、ガラス扉の先にあったのはクリニックという名前からイメージするものとはずいぶん異なっていた。

床には値が張りそうな絨毯《じゅうたん》が敷かれており、暖色系の調度品で統一された室内は、いわゆる病院のような体をしておらず、どちらかというと高級サロンのような雰囲気だった。

窓はなく、遮音性も高い。中に入ってしまえば時間の感覚を失ってしまうような錯覚に陥る。

その中でひと際目立つのが、部屋の真ん中に配置されたソファーセットだ。乗ったことはないが、ファーストクラスのシートを連想させる革張りの巨大なひとりがけのソファーが間接照明の下に鎮座していた。

さぞリラックスできるのだろう。どれほどの座り心地なのか。

座ってみたいという衝動を抑えながら現場を見渡すと、報告にもあったとおり、物色の形跡があった。しかし、どこか違和感があった。

机の上や本棚。本来の位置にあるものがひとつもないくらいに荒らされてはいるが……。

「なにか気になったか？」

有賀が新人刑事を試すような目をした。

「あ、いえ」

「遠慮するな。言ってみろ」

愛梨は小さく咳払《せきばら》いをした。

「どことなくなんですが、物色の仕方がなんといいますか……わざとらしい気がして」

「わざとらしい？」

「なんといいますか、作為的といえばいいんでしょうか」

有賀が興味深そうな顔をするのに対して、河崎はうざったそうな目を向けた。新人のくせにアピールが過ぎる、とでも言いたげだった。

「具体的にどこを見てそう思うんだ？」

愛梨は室内を見渡して、もっとも違和感の強い箇所を指さした。

「たとえば、あの本棚です。多くの本が床に落とされていますが――」

天井に届くほどの高さがある木製六段の本棚で、主に医学書だろうか、本が床に散乱していた。しかし本の向きや散らばっている範囲などを見ると、落としたというよりも配置した、というように思えた。さらに、虫食いのように残った本を見てみると――。

「一番上の段の本が多く落とされていますが、下の方はあまり手を出していないように見えます。手の届かない上から物色するなんて、物盗《ものと》りはこんなことしません。金目のものが隠してあるような構造の本棚でもありませんし。それに、一刻も早く立ち去りたい状況のはずです」

「そうか、お前は三課のヤマも踏んでいたんだったな。じゃあ、物色じゃなきゃ、これはなんだ。物盗りに偽装しているということか？」

「そこまではわかりませんが」

漠然とした違和感を抱えながらも、自分の考えを的確に説明できるだけの言葉を、愛梨は持ち合わせていなかった。

「ここまでしなければ見つけられないものだったのか、それとも……」

そこで考え込んでしまった愛梨の肩を、有賀が二度ほど叩いた。

「ま、いまは頭が整理できないだろうが、捜査会議ではいろんな情報が出てくるだろう。それらを集めりゃ、見えてくることもあるから、いまは焦るな」

「……はい」

「本棚の件は俺から報告しておく」

有賀の横で、出る杭《くい》は打ってやる、と言いたげな横目で見る河崎に、愛梨は頭をちょこんと下げた。

「河崎、俺と青山は一足先に本部に行っている。お前はもう少し粘って情報を集めてくれ」

「了解しました」

武田クリニックを出てエレベーターを待つ有賀に並ぶ。

「班長、本部は目黒署ですよね？」

「ああ、そうだ。どうかしたか？」

有賀は手袋と腕章を胸ポケットに仕舞いながら、憂い顔の愛梨を覗《のぞ》き込んだ。

「い、いえ。なんでもありません」

そうは言うものの、なにもないわけではなかった。

「このあと捜査の組分けがされる。通常は所轄の人間と組んで捜査を行うが、本庁デカといっても、お前はまだ来たばかりだ。このまま、俺が面倒を見てもいいが、どうする？」

「ありがとうございます。でも、大丈夫です」

特別扱いされて隙《すき》を作るわけにはいかない。

なにしろ、配属初日、自分はお茶くみ要員ではないと豪語した手前、結果を出さなければばならないのだ。

ちょっと言い過ぎたかな、と思うが、後悔は先にたつものではない事を実感する。

満足そうに頷いた有賀の後を追い、クリニックを出た時だった。愛梨を呼ぶ声がした。

しかし聞こえなかったことにして足を早める。

「あれれ、やっぱり愛梨さん？」

聞き間違いではなく、明らかに自分を呼んでいる。そして有賀も足を止めた。ここまでくると無視することもできず、愛梨は振り返った。

そこに立つ初老の男。黒縁眼鏡の奥に、ハの字に下がった目尻、短く整えた白髪。相変わらず刑事とは思えない人のよさそうな顔をした男が、クイズの正解を待つかのように、期待に満ちた表情で立っていた。

「お久しぶりです。おと……吉澤《よしざわ》さん」

もし大阪の『くいだおれ人形』が刑事だったら、おそらくこんな感じだろう。その吉澤の顔がパッと明るくなった。

「ほんとにねぇ。そうかぁ、ついに本庁刑事になったんだねぇ」

孫の成長を見るような目だが、それは、あながち間違っていない……。

はっとして、有賀に並ぶ。

「吉澤さん、こちらは有賀班長です」

「ああ、どうも。いつもお世話になっています」

吉澤はなんども頭を下げた。娘に上司を紹介された父親のような態度だが、これもまた、あながち間違っていない。

「では、またあとでね。がんばってね」

「はい、失礼します」

小さく手を振る吉澤に背を向け、愛梨はため息をついた。

同じ警察にいる限り、いつか出会うことになるだろうとは思っていたが……。

「歩くぞ」

そう言って先を行く有賀の後を追う。

捜査本部のある目黒署は、中目黒駅から歩いて十分ほどの距離だ。混乱した現場から車を出すくらいなら、歩いた方が早い。

山手通りと駒沢《こまざわ》通りの交差点で信号待ちをしていると、有賀が聞いてきた。

「さっきの吉澤さんってのは、卒配時の指導役かなにかか?」

愛梨は小さくため息をついて、首を左右に振る。

「いえ。実は義理の父なんです。元、ですけど」

「ん?　元?」

説明を求める視線を横顔に感じ、もう一度息を吐いた。向き合うたびに、ため息をつかされる自分の過去が嫌になる。

「私、離婚歴があるんです」

「えっ？　だってお前はまだ」

まだ、と言ってくれるのはありがたいが、もう二十七歳だ。人生に凸凹があってもおかしくはない。

「若気の至りといいますか、大学時代に知り合った相手と卒業後すぐに結婚しまして、それで二年ほどで離婚しました」

有賀は予想外の展開に戸惑っているようだった。男社会の警察組織にあっても、ハラスメントやコンプライアンスといった意識が浸透してきているいま、聞き方にも気を使うのだろう。

「お聞きになっていませんでしたか？」

「いや、まったく。結婚歴で捜査能力が決まるわけじゃないからな。しかし、お前……珍しいな」

「すいません」

「謝ることじゃないが。ひょっとして、お前が警察に入ったのは、吉澤さんの影響か？」

「まぁ、そうですね。はじめて挨拶《あいさつ》に行ったとき、きっと警察官が似合うね、なんておだてられて憧れを持ったと言いますか……。それで、結婚した翌年の採用試験を受けたんです」

正確に言うと、違う。

憧れではない。逃げたかったのだ。

警察学校に入れば、息が詰まるような生活から逃げられる――と。

あの時は、お互いに距離を置くことが大切な気がした。

しかし置きすぎた距離はその後も縮まることはなく、卒配後に離婚した。だから、一緒に暮らしたのは、実質一年にも満たないだろう。

「なるほどねぇ。その元旦那《だんな》は、いまはなにを？」

歩くスピードが速い有賀に、愛梨は歩幅を広げて横に並ぶ。

「画家です。全く売れませんでしたから自称ですけど。いまはどうでしょう、連絡を取っていないもので」

短いながらも確かに存在した結婚生活を思い出すと……懐かしい、というよりもむかついてくる。

まず稼ぎがない。一日中家にいるくせに家事もしない。自分は家政婦か、と思ったし、給料をもらっていないのだからそれ以下だと叫んだこともあった。

若気の至り、判断力の欠如。そう言われても仕方が無い。ゼロからのスタートどころかマイナスからだ。その負の遺産となった過去を振り切ることが、いまのエネルギーになっている。停滞した人生を取り戻すのだ。

「しかし、刑事と画家っていう組み合わせは聞いたことがないな」

それは組み合わせとして上手《うま》くいかないからですよ、と愛梨は心の中で思った。

目黒署に設置された捜査本部は、本庁からの二班十名と周辺所轄署の応援部隊をあわせて三十名ほどの体制だった。

捜査を仕切る管理官は、野田哲史《のだてつし》警視。切れ者で名が通っていて、一切の妥協は許さないとの噂《うわさ》を聞いている。オールバックにスリーピースのスーツがスマートな体軀《たいく》にぴったりと張り付いているのも、緩みを嫌う性格からだと思えてくる。

すでに関係者は揃《そろ》っているはずだが、俺が質問するまでは喋《しゃべ》るな、という雰囲気が会議室内を満たしていて、空気は張り詰めていた。

警察幹部が居並ぶ最前列のテーブルの真ん中に座り、見る者全《すべ》てを貫くような鋭い視線を向き合う捜査員たちに配っていた。

それはまるで、捜査員ひとりひとりを自分の身体《からだ》に見立て、その指先まで神経を張り巡らせようとしているようだった。

やがて号令が飛んだ。

「起立っ！　礼っ！」

刑事たちの動作は、事前に練習をしていたかのように一致していた。これが捜査に求められる厳しさなのだ、と愛梨はそっと生唾《なまつば》を飲み込んだ。

それなのに……右斜め前。二列ほど先の席で振り返り、緊張感の欠片《かけら》もない笑みをふりまく吉澤にどんなリアクションをすればいいのか、わからなかった。

愛梨は、間に挟んだ捜査員の陰に隠れるように身体をそらせた。

事件の概要が伝えられる。愛梨は配られた資料を見ながら目と耳からインプットし、横に並べた手帳に要点をアウトプットしていく。

被害者は、武田紀一《きいち》、四十九歳。中目黒に心療内科・うつ病・カウンセリングを行うクリニックを開設して五年目。フリーランスのかたちをとっており、クリニックでは事務員や助手も雇っていなかったという。その口の堅さから、芸能人や政治家、会社役員などを顧客に抱えており、経営状態は良かった。

自宅はふた駅離れた広尾のマンションにひとり暮らし。前科なし、交通違反もない。あるのは財産と離婚歴。

身長が一六九センチに対して体重が一〇五キロというから典型的なメタボリック体型だが、ここ数年間、通院した記録はなかった。

死因は頭部打撲による脳挫傷《のうざしょう》。その傷の付き方から、なんらかの事情により後ろ向きに転倒し、机の角に強打したものと思われた。それが事故なのか故意によるものなのかはまだわからない。しかし通報者が姿を消していることと、室内が荒らされていることなどから、事件である可能性が、いまのところ高い。

報告が終わり、組分けが始まった。

本庁の刑事と地元をよく知る所轄の刑事がコンビを組んで捜査に当たることになっている。

有賀は、組むことになった所轄の若い刑事に鋭い目線を送り、さっそくビビらせていた。

さて、私は誰と組むのか。本庁刑事として恥ずかしくない振る舞いをしなければ。

「青山っ、吉澤っ！」

「えっ?!」

思わず声が出た。

元義理の親子でコンビを組むとか、気まずすぎるんですけど！

普段はクールな印象の有賀ですら、焦る愛梨を窺《うかが》い見ながら笑いを押し殺していた。

解散の号令がかかると、それまで離れて座っていたそれぞれのパートナーと挨拶を交わすが、青山は真っ先に野田管理官のもとに走った。

「あの、組分けについてなんですが」

「なにか？」

「変更していただくわけにはいかないでしょうか？」

小娘の分際で文句を言うのか、と野田の目が険しくなる。

「不満でもあるのか」

「いえ、その。実は、吉澤さんは義理の父でして」

「〝元〟だろ。それくらい知っている」

それがどうした、と言いたげだ。

「離婚してから何年たった？」

「三年です」

「なら、もう他人だろ。それに配偶者でもないのだから」

吐き捨てると、書類に目を通しながら続けた。

「吉澤さんの指導には定評がある。特にお前のような新人は学べることが多いはずだ」

だめだ。なにをどう言ってもかわらない。

「了解しました。ご配慮、ありがとうございます」

ため息を飲み込みながら振り返ると、吉澤が少し距離をとったまま、ちょん、と顎《あご》を突き出した。お話は終わった？　と。

「えっと、吉澤さん。よろしくお願いします」

間違っても『お義父《とう》さん』と言ってしまわないよう、最大限の注意を払う。これが結構疲れる。

「いやぁ、ほんとうに立派になってねぇ」

つま先から頭のてっぺんまで、視線を何度も往復させる。

「その節は、どうも」

『その節』は忘れたい記憶第一位なのに、否応《いやおう》なしに思い出させる存在と組むことになるとは。

やりづらくて仕方がないが、ここは仕事だと割り切るしかない。事件の話に集中することで余計な感情が割り込んでこないようにするのだ。

隅っこの席に並んで座り、お互いが手帳を開いた。

「物盗りからのコロシでしょうか」

愛梨は、『私は仕事モード全開であり、余計な話はしないのだ』という意思表示を声質で表現していた。対して、吉澤ののんびりとした口調に乱れる様子は微塵《みじん》もない。

「うーん、どうだろうねぇ。物盗りにしても、まだなくなったものがはっきりしてないから、なんとも言えないなぁ。ガイシャの財布にも手がつけられていない。愛梨さんはどう思いますか？」

「なんとなくなんですが――」

「あ、まてよ！　ずっとしっくりこなかったんだけど、それがわかったよぉ」

吉澤がひらめいたとばかりに割り込んで来た。なにか発見したのだろうか。

「あのね、〝愛梨さん〟なんて他人行儀だよね。昔みたいに〝あいちゃん〟でいこう。うん。ね、あいちゃん」

ここは戸籍どおり、他人でいたほうが仕事に支障が出なくていいと思う。

「吉澤さん」

愛梨は他人行儀を前面に押し出した。なんなら『吉澤警部』と階級付きで言ってもいいかもしれない。

一度だけ咳をして、気を取り直した。

「うまくは言えないんですけど、荒らし方が物色をしているようではなかった気がして」

「ああ、いいポイントですよ！　僕もね、そう思ってたの」

吉澤は、〝さすが親子、わかってるなぁ〟とでも言いたげな笑みを見せた。対して愛梨は事務的な姿勢を崩さない。

「しかし、あれが偽装だとしたら、なんのためでしょう。コロシは怨恨《えんこん》だった？」

「いや、でもまだそうとも言えないんだよね。っていうか」

ここで、吉澤の表情が、思い詰めたものに変わった。

「なんです？」

「こうやって一緒に仕事ができる日がくるなんてねぇ……」

愛梨は、首を支えるネジが外れてしまったかのように、ガクンと額を机に打ちつけた。思ったより大きく、安っぽい音がした。

あぁ、勘弁してほしい。これじゃあ、話が前に進まないではないか。

「妻はね、実は娘が欲しかったらしいんだ。だからあいちゃんを本当の娘のように思っていたから、今日のことを話したら喜ぶだろうな」

遠い目をする吉澤に愛梨はため息をつく。

「お義母《かあ》さんは、お元気ですか」

「ああ、相変わらず元気だよー」

ここまでくると、もうひとりも聞かないわけにはいかない。

「直人《なおと》さんは？」

元旦那の名を出した。

「相変わらず絵を描《か》いているよ。僕にはよくわからないけど、パトロンっていうの？　スポンサーがついたって言ってて、生活は前よりは安定したみたい。でも相変わらず将来は見えないもんね……。好きなことばかりして、あいちゃんに愛想尽かされても仕方がないよね……」

明るかった表情が曇っていく。

「すいません」

つい謝ってしまう。

「いやぁ、悪いのはあいつさ。こんなにいい人、なかなか現れないっていうのに」

最大限にやりづらい。ああ、事件の話がしたいよ。

愛梨は頭のなかで記憶を巻き戻し、力技で話を軌道に戻す。資料に記載された内容を人差し指で追い、鑑識の報告書の一部分を示した。

「受話器は拭《ふ》き取られていて指紋が出てきていません。これを考えると、犯人は間違いなく犯罪を隠す意図がありますよね」

「そうだねえ。でもそしたらさ、どうして救急車を呼んだんだろうね？　うっかり助かったりしたら面倒なことになるのに」

「確かに。一目散に逃げたかったはずなのに、わざわざ部屋まで荒らしていますし」

「そう。時間がない状態で、どうしてそんなことをしたんだろう？」

探し物をしていたことを知られたくないのなら、荒らさなければいい。そもそも早くその場を離れなければならない状況で、どうしてそんなことをしていたのか。

事故として片付けられたくなかった？　でもなんのために？

吉澤はうーん、と唸った。

「事故ではなく、事件で捜査されたほうが犯人には都合がいいってことになるんだけど、不自然だよね。ま、管理官は推測を嫌うひとだから、報告するのはまだ早いと思うけどね」

そう考えると、別の見方ができてくる。

犯人は事件捜査を誘導しようとしているのではないか？

「少なくとも、犯人は被害者と強い繋《つな》がりがある人間。交友関係を徹底的に洗えば、その中に犯人がいるってことですよね……」

「うん、そうだね。こうやって、はじめにストーリーを考えながら証拠をくっつけていったほうがいい場合もある。まぁ、先入観は禁物だけど」

「はい」

「これから聞き込みがはじまれば様々な情報が集まってくる。その中から関係あるものとないものを見極める力が必要になるんだ」

なるほど、と頷いた。

指導力に定評があるのは本当のようだ。

その吉澤の表情が、ふっと曇った。

「見極める、か……。将来のお相手もね……今度はちゃんと見極めないとね」

お相手？　へっ？

「でも、見極める力がはじめからあったら直人なんて選ばなかったよね。そしたら親子になれなかったんだよなぁ。ほんの少しでも夢を見られたから、幸せに思わないとバチがあたるよね……」

あぁ。また、このモードに入ったか。ここで『そのうち直人さんにもいい人が現れますよ』と言うのは逆効果だろうか。

うん、放《ほう》っておこう。

2

事件現場からほど近い目黒銀座商店街。ここがふたりの主戦場となる。『地取り』、つまりは聞き込みだ。住人だけでなく、たまたま通りかかった者でもお構いなく、この瞬間、この場にいる人物ひとりひとりから話を聞いていく。

商店、飲み屋、マンション等の一般住宅が入り混じったエリアで人出は多いのだが、得られる情報は少なかった。

それもそのはずで、現時点でわかっていることは犯行時刻くらいしかない。聞かれる方も『なにか気になることや人物』と言われても、よほど不自然な行動をしていた人物でなければ、雑多な街に集まる雑多なひとたちの記憶に留《とど》まることはないのだ。

「はじめから、特ダネをもらえるとは限らないからね。それに情報は水もの。時間や曜日、その日の天気。そんなもので出てくる情報はマチマチだ。でも――」

「それを組織力で積み上げる。それが警察の捜査ってものだ」

愛梨が言って、吉澤がキョトンとする。

「って、仰《おつしや》ってましたよ。いつだったか、家にお邪魔したときに晩酌をしながら」

吉澤は、まいった、と額に手のひらを置いた。

「そんなことを？　酔っぱらいはいやだねぇ」

しかし、嬉《うれ》しそうに笑った。

道の反対側から歩いてきた男二人組が手を上げた。この先の路地を挟んだ向こう側を担当している刑事だ。

吉澤が年配の男に声をかけた。

「ヤマさん、どう？　なにかあった？」

ヤマさんと呼ばれた細い身体の男は茶色のジャケットを胸に抱え、扇子で薄くなった頭に風を送りながら答えた。

「いやぁ、まったく当たりなしだね」

汗で濡《ぬ》れたワイシャツは、ランニングシャツを透かせて見せていた。

ヤマさんというのは、山崎なのか山口なのか、それとも山本？　そんなことを考えていると、そのヤマさんが笑みを向けた。

「あ、そちらが吉澤さんご自慢のお嫁さんだね」

なに？

「そうなのよぉ、かわいいでしょ。あいちゃん、こちら同じ刑事課のヤマさん」

「遠山《とおやま》です、話はたくさん聞かされているよ」

正解は遠山か。それなら金《きん》さんって呼びたくなるけど。っていうか、吉澤はどんな話をしているんだろうか。

ヤマさんはここで渋い顔を吉澤に向ける。

「いやぁ、しかし写真はなくとも、せめて人相とか背格好でも情報があればまだ聞きようはあるんだけどさ、まだキビシイね」

「そだねー」

吉澤は頭を掻いた。

「しっかし、なんかよぉ、いままでとはちーと違う感じがするな」

「うん。そうなの、そうなの」

愛梨は小さく手を上げて割り込んだ。

「どういうことですか？」

「いやね、これまで殺人事件を何件か担当してきたけど、今回はなんか様子が違うんだ」

なにが？　と小首をかしげる。

「説明したいけど、自分らにもわかっていないから説明できないよ。ただね、まだ日が沈む前にこんなオフィスビルで事件を起こしたのに、なにも手がかりがないっていうのがね……。なんだか嫌な予感がしてならない。まぁ、老刑事のささやかな違和感だけどさ」

振り返ると、細く狭い低層の商店街の上に、現場となったＧＴビルが見えていた。

そしてその違和感は、夜の捜査会議でさらに深められることになった。

『武田クリニックで人が倒れています、四十代男性、頭部を強打した模様、呼びかけるも意識はなし、四肢に痙攣《けいれん》の兆候あり――』

夜の捜査会議。通報した男の音声が会議室内に流れていた。

「事務的で、あえて特徴を消したような喋り方だな」

通話終了まで一分足らず。録音の終わりを知らせる電子音を確認して、野田管理官が口を開いた。

「犯人像でわかることはないか」

鑑識が起立する。

「この独特の喋り方ですが、管理官が言われたように意図的なものだと思われます。そのためプロファイリングに必要なだけの情報量が不足しています。推定される年齢は二十代後半から六十代までと幅が広く、訛《なま》りなどの特徴も得られていません。また現場に身体的特徴を示すような痕跡《こんせき》も見つかっていません。ただ……」

「なんだ、言ってみろ」

「はっ。青山巡査から報告がありました本棚の件です」

愛梨に四方から視線が集まる。

えっ、なに？

「一番上の本が多く抜かれておりましたが、被害者がふだん使っていたと思われる踏み台は離れたところにありました。踏み台なしで上段に手を伸ばして届くとすると、犯人の身長は一八〇センチかそれ以上である可能性があります」

周囲から、おおっと声が上がり、吉澤が肘《ひじ》でつつきながら、お手柄だ、と笑顔を向けてきた。しかし野田は冷静だった。

「この段階ではまだ決めつけるな。他に特徴はないか」

「はっ。通報のなかで、被害者のことを四十代と言っています。実際に四十九歳だったわけですが、被害者は歳《とし》相応といった感じで、少なくとも若く見られることはなかったと思われます。普通であれば『五十歳前後』など幅を持たせた言い方をするのではないでしょうか」

「通報者は被害者の年齢を知っていたということか。つまり身近な存在だと？」

「はい、さらに――」

鑑識員が手元の資料に目を落とす。

「喋り方についてですが、〝呼びかけても反応がない〟ですとか、手足ではなく〝四肢〟と言うなど、やや専門的な言いまわしをしていることと、声に動揺があまり感じられないことから、こういった現場になれている人物の可能性もあります」

野田が険しい目つきになった。

「死亡現場に慣れていると言ったら、警察や消防の関係者ということか？」

「はい。少なくとも救急に関する知識を持ち合わせていることが考えられますが、被害者も医師ですので――」

「つまり、犯人も医師である可能性があるってことだな。交友関係を当たったのはだれだ？」

歯切れのいい返事とともに、有賀が起立した。

「かつて所属していた大学病院や学会関係者を当たっていますが、これまでのところ有益な証言は得られていません。優秀で人柄の良い医師であることまでは共通していますが、人付き合いが苦手だったのか、プライベートまでを知る人物はいませんでした。そのため、なにかトラブルを抱えていたとか、恨まれるようなことがあったなど、聞いた者はおりません」

「わかった、引き続き当たれ。次っ、クライアントからの証言は？」

河崎の組が起立した。

いま気づいたが、彼のバディは女性警官だった。丸顔で可愛《かわい》らしい。いいところを見せたいのか、河崎の発言にはキレがあった。

まったく、男って奴は新婚だろうがなんだろうがカッコつけたがる。

そういえば、元旦那の直人は正反対で、素朴といった方がいいかもしれなかった。流行《はや》りには無関心で着るものもダサい。だが、愛梨はそこが好きだった。流されずに自分を持っていると感じたのだ。

しかし、それは価値観があまりに違うだけのことだったということに気づいたのは、結婚してからだった……。いかん、集中、集中。

愛梨は首を振って耳を傾ける。

「クリニックは完全予約制で、当日受付はしていなかったようです。かならず来院者を記録していたということなので、顧客リストにある名前を片っ端から当たっています。ただ、カウンセリングを受けていたことを知られたくないのか、あまり協力的ではありません」

ここでバディの女性刑事に代わる。

「総じて言えるのは、情報は一方通行的だということです。つまり患者側のプライベートについては徹底的に話し合いますが、医師は聞き役に徹している感じです。まぁ、患者もそれ以上のことを求めているわけではないので」

「わかった。次っ、被害者は独身だったな。家族関係は？」

背後の刑事が起立する。

「両親は、実家のある島根でいまも健在です。姉は福岡に嫁いでいます。武田自身は、最近は帰省することも稀《まれ》だったようです。別れた妻は再婚して埼玉に住んでいることがわかりましたので、現在コンタクトをとっているところです」

野田は頷くと、隣に座っていた若い男に声をかけた。

「木村《きむら》係長、経済関係はどうですか」

誰だろう、先ほどはいなかった。と思っていると、吉澤が耳打ちした。

「捜査二課のキャリアさんだよ」

捜査二課は詐欺や収賄など知能犯を担当する部署で、金の動きを捜査するエキスパート集団だ。

　木村は就活生のような雰囲気を残していて、年齢も愛梨とさほど差はないように見える。しかし、キャリアなので階級はすでに警部である。警察に限った話ではないが、三十年勤めた吉澤と同じであるというのが階級制度の不思議な歪《ゆが》みを感じる。

「秋山《あきやま》主任、お願いします」

　木村に声をかけられた当人は最後列にいた。皆が振り返る中、まるでヤクザのような風体の男が立ち上がった。

「はいはい、二課の秋山だ。こいつは鈴木《すずき》。じゃあ鈴木、よろしく」

　バトンリレーのように回ってきた役に、鈴木と呼ばれた身体の細い男は困惑気味に立ち上がる。

「えー、武田クリニックの経営は順調だったようです。現在までに確認されている所有銀行口座は都市銀三行とネット銀行が二行で、いずれも不可解な金の出入りはありません。投資用口座もありますが、大きな利益よりも堅実なリターンを重視する人物のようで負債はありません」

「人物像についてわかることはないか」

「クレジットカードの使用履歴や、確定申告で経費として計上しているものなどから被害者の生活を描いてみました。まず、忙しくても自炊をする人物で、バランスのとれた調理について知識をもっているようです」

そんなことまでわかるのか、と意外に思っていると鈴木が補足した。

「ちなみに、これはスーパーやネットショッピングでの購入履歴から推察したものです。肉よりは魚。ワインとイタリア料理を好んでいるようで、調理器具にも拘《こだわ》りがみられます。それから趣味は渓流釣り。愛車はベンツのゲレンデで、ETCの記録から推察すると、主に神奈川県山北《やまきた》、山梨県北杜《ほくと》、長野県軽井沢あたりに出かけることが多かったようです」

「女がいるかどうかの情報は？」

「金の使い方から考えますと、いまのところ、だれか特定の人物がいたわけではなく、基本的にひとりで行動していたようです」

「了解した。木村係長、引き続き、ご協力をお願いします」

満足そうに野田が言った時だった。秋山が鈴木をつついてなにかを言った。

「まだあるのか？」

野田が見咎《みとが》めて秋山に声をかける。

「いやね、こいつがレポートを一行飛ばすもんだからさ」

横柄な秋山の態度に野田が怒鳴ってしまうのではないかと心配になったが、言葉を待つことにしたようだ。

「これって、プライバシーだし、関係あるかまだわからないし……」

鈴木の小声がわずかに耳に入る。

「なんだ。言ってみろ」

野田に促され、鈴木は秋山を恨めしそうに見ながら言った。

「はい……。実はクレジットカードの履歴を確認していたところ、海外のインターネットサービスの記録がありまして、どうやらアダルトサイトのようでした。ただ、これは個人の趣味の問題で、事件に関係するかどうかまだわかっていない状況です」

秋山は腕組みをしながら身体をほぼ真横に向けると、鈴木を睨《にら》んだ。

「でもよぉ、そのサイトをちらっと覗いて見たが、幅広いジャンルを取り揃えていそうだったぜ。表には出てないが児童ポルノを扱っているかも知れん。性癖も重要な情報だ。故人のプライベートだと言って尻込みしてたら、得られるもんも得られねぇぞ」

野田はこの情報をどう取り扱うか迷っているようだったが、やがて記録に残させた。

「引き続き、頼む」

それだけ言って、今後の捜査方針の話に移った。

ここまでの情報をまとめると、被害者の武田は、人から恨まれるような人間ではなさそうだ。ハイソな顧客を相手にして高級マンションに住んでいるということだが、そのイメージと違って本人は地味な性格、というか自分の時間を大切にしていた。渓流のせせらぎに身を置き、釣り糸を垂れる。そんなひとりの時間を楽しんでいたのだろう。

隣に座る吉澤が、正面を向いたまま上半身を愛梨の方に傾けて言った。

「こういう場合、僕らの仕事が重要になってくるよ」

愛梨は頷いた。

「火のない所に煙は立たない。かならずどこかに痕跡がある。武田やその周辺の動きをどれだけすくい取れるかが鍵《かぎ》だよ。地道に這い回って情報を集めよう」

3

翌日も早朝から聞き込みを続けたものの、犯人に繋《つな》がる情報は出てこなかった。午前十時には気温は三十℃を超え、額からは汗が噴き出す。

疲労が溜《た》まってくると、弱気にもなる。

犯人はこの商店街に足を向けていないのではないか――。

そんな考えが頭をよぎるが、これは『何もないことを確実にする』ための行動でもあるのだと自分を奮い立たせる。捜査はチームワークだ。皆で地図を塗りつぶし、見えない犯人の動きをあぶり出す。それが地取りの仕事なのだ。

商店街の人たちには顔を覚えられてきていて、ぜひ息子の嫁にと言う、ひとはいいけど少し面倒臭いおばちゃんがいる。

『総菜屋に嫁いで損したわ』と快活に笑うひとで、一を聞くと百倍の世間話を返してくる。

今日もしばらくは同じ状況だったが、息継ぎのような世間話の合間に気になる証言を得ることができた。

「うちのお得意さんでね、あのビルで働いている人がいんのよ。それで買い物ついでに話をしてたの。そしたらなんだっけな、あのクリニックによく出入りしてる女の子がいたっていうのよ」

目を合わせた吉澤が頷く。

「その方と連絡とれますか？」

「どこだっけなぁ、四丁目の方に住んでるって聞いてたけど、連絡先はわからないなぁ。あ、でも今日は土曜日か。たぶん、六時くらいにくるんじゃないかな」

「そうなんですか」

「ええ。あのひと年甲斐《としがい》もなくフラダンス教室に行っててね、その日は夕食を作る時間がないからって、おかずを買いに来るのよ」

「ありがとうございます。あとで、またうかがいますね」

かといって他に行くところもなかったので、夕方五時くらいから待っていた。するとおばちゃんが声をかける。

「あの人よ、あの人。こんにちはーっ！　ちょっと来て来て」

手を振った方向に目をやると、薄ピンクのアロハを来た女性が自転車を押しているのが目に入った。

「やぁね、今日も暑くてさぁ、食欲がなくなって痩《や》せ細っちゃったわよ！」

と、ふくよかな身体を揺すりながら笑った。

ふたりのおばちゃんは、永遠に続くかと思われた世間話をふたつみっつ交わした後で、ようやく愛梨を紹介し、用件を伝えた。

「花屋さんですか?」

愛梨は手帳にボールペンの先を置くと、そこから先の情報を待った。

彼女は現場となったビルの清掃員で、武田クリニックをよく訪れていた女性がいるのを見ていたという。

「そうねえ、ハタチちょっと過ぎくらいじゃないかしら。名前はわからないけど、山手通りを挟んだところにある小さな花屋さん。そこのお店の子だと思うわ」

武田クリニックの顧客リストに、ハタチくらいの女性はなかった。花の配達に来たと考えるのが普通か。

「でもね、怪しいと思うのよ、あの子」

口元を隠しながら言うその顔の方が怪しかった。

「なんでですか?」

「だってね、お花って、そんなすぐにダメになるわけじゃないでしょ? それなのによく見かけたから。この前なんて、クリニックを出たところで具合がわるそうだったから声をかけたの。そしたら何も言わずに逃げちゃってさ。目もうつろだったし、あれはクスリでもやってるんじゃないかしら」

ここで言うクスリというのは、脱法ハーブやマリファナなどのことを指しているのだろう。しかし、クリニックにそんな形跡があったとの報告はない。

「でもそれだけなのよ、間違ってたらごめんなさいね」

女性は自信なさそうに言った。

携帯電話で検索すると、確かに、山手通りを挟んだ反対側に花屋があった。並びには中目黒交番もある。

愛梨は礼を言うと、吉澤とともに花屋に向かった。

「だいぶ想像が入っていますね」

吉澤が頭を掻く。

「うん、面白おかしく言ってたね。まぁ、クスリのくだりはどうかと思うけど、気になるのは頻度かな。確かに花ってそんなに頻繁には買わないもんね」

「そうですね……あ、あれだ」

中目黒駅前の横断歩道を渡って右側に目をやると、花が並べられた一角があった。

『街角の花屋さん』は狭小な土地に建てられた店舗で、奥行きはあるが、間口は狭く、かなり細長い。花屋以外に商いが成立する業種はないのではないかと思えるほどの物件だった。

見る限り店員はひとりしかいない。接客中だったので、愛梨は表に出されていた花を見ながら応対が終わるのを待つことにした。

そういえば、花に目をやるなんて、かなり久しぶりなことに思えた。花が嫌いなわけではない。部屋に一輪でもあれば、ずいぶんと雰囲気はかわるんだろうな、とも思う。

しかし捜査が長引けば自宅に帰る暇も無い。そうなれば枯らしてしまうのがオチだろう。刑事としてがむしゃらに働くなかで、徐々に『色』というものを意識しなくなってしまったような気がした。

いま着ているものもグレーのジャケットにパンツ。もちろん目立ってナンボの仕事ではないので当たり前ではあるが、プライベートを思い起こしてみても、パステルカラーの服なんて買ったのは遥《はる》か昔だ。

色気がないのは今に始まったことではないが、それでもいいという気持ちもある。いまは無駄にした時間を取り返さなければならない時なのだ。結婚という失敗を清算する……。

「ありがとうございましたー」

その声に、愛梨は雑念を振り切って顔を上げる。

花を抱えた客と入れ替わりに奥に進むと、女性店員に声をかけた。

「ごめんください」

短めのボブを軽やかに揺らしながら振り返った。栗色《くりいろ》の髪と健康的な笑顔もあって、ひまわりのような躍然とした雰囲気をもったひとだった。

白いTシャツに店のロゴが入った緑のエプロンをかけていて、年齢はハタチそこそこ。アロハのおばちゃんが言っていたのは彼女のことだろう。

「いらっしゃいませ」

愛梨は他に客がいないのを確認して、こっそりと警察手帳を見せた。

「私は警視庁捜査一課の青山といいます」

「私は目黒署の吉澤」

そして、この人のお義父さんです、と言い出すのではないかと思った。こんな無駄な緊張を強いられることに内心腹を立てる。

「警察の方……」

神妙な顔つきに変わった。どうやら彼女には、愛梨たちが訪ねてきた理由がわかっているようだった。

「あの、ひょっとして、武田先生のこと……ですか？」

振り返ると、吉澤は愛梨に対応を任せたようで、黙って促した。

「そうです。もう誰かがお話を伺いに来ていましたか？」

「いえ。でもオーナーから聞きました。先生はお得意様でしたので」

心から残念だというように顔を伏せた。

「よく配達をされていたと聞いたのですが」

「そうですね……時季によるかもしれませんが、多いときは週に二回くらいあったでしょうか」

愛梨は首をかしげた。

「それって、普通によくあることなんでしょうか？　ほら、花ってもっと長持ちするような気がしますけど」

「そうなのですが、武田先生はカウンセリングのために、雰囲気というか、患者さんがリラックスできるようにと気を配られていたようです。花が枯れはじめているのを見ると、それだけで不安になる人もいるようですし」

「なるほど。最後に会われたのはいつかわかりますか？」

「えっと、この前の木曜日です」

ということは、事件の前日ということになる。

「その時に気づかれたことはありませんでしたか？　なにかを気にしていたとか、トラブルに巻き込まれているというようなことを言ってたとか」

彼女は小さく頭を振る。

「いいえ、いつもの明るい感じで話されていましたし、そういったことはなかったと思います」

「そうですか。では、配達などで、気になる人物を見かけたなんてことはないでしょうか」

「ない、と思います。すいません、気づいていないだけかもしれません」

「いえいえ。『なにもない』というのも大切な手がかりになりますから」

愛梨は吉澤を振り返った。特に聞きたいことはなさそうだったので、手帳を閉じた。

「なにか思い出されることがあったら、なんでも構いません。こちらまでご連絡をいただいても良いでしょうか」

　差し出した名刺を受け取ると、興味深そうに見入っていた。刑事の名刺が珍しいのだろうと思っていたが、注意を引いたのは別の意味だったようだ。

「愛梨さんっていいお名前ですね」

　そう言った彼女の胸元のネームプレートを見ながら聞いた。

「あなたは、白井あさみさん、っておっしゃるの？」

　はい、と答えた。

「なんか地味ですよね。私も愛梨さんのような名前が良かったなぁ」

「いえいえ。『愛の梨《なし》』ですよ？　どういう意味でつけたのかしら。こんど母に聞いてみますよ。わかったら教えますね」

　笑っていると背後から、いい名前だよぉ、と吉澤の声がしたが、面倒くさいので気づかないふりをした。

「ところで、これはなんの香りなのかしら」

　愛梨が匂《にお》いを嗅ぐ仕草をしてみせると、あさみはにっこりと笑いながら指をさした。

「たぶんこれかな、『月下美人』って言います」

　真っ白で細長い花片の重なりに鼻を近づけてみる。甘く、濃厚な香りがした。確かにこれだ。

「へぇ、月下美人って、なんだかいいネーミング」

「夜にかけて花を開いて、朝にはしぼんじゃうことから、この名前がついているそうです」

愛梨は感心するように頷いた。

「でも、夜に咲いてもだれも見てくれないのにね。こんなに綺麗なのに、勿体《もったい》無い」

「ほんとですよね。でも、なんか神秘的で好きです」

「あいちゃんもそうなのかなぁ。どこかで、ひっそりと花を咲かせているのかなぁ――」

急に割り込んできた吉澤を、慌てて遮った。

「今日はどうもありがとうございました。今後ともよろしくお願いします」

まったくもう。急に意味不明なことを口走らないでほしい。

吉澤とともに頭をさげて花屋を辞すと、目黒署に向かって足を進めた。

「被害者の交友関係があまり広くないから、まだなんとも言えないけど、いまのところ襲われるような兆候はなかったみたいだね」

「そうですね。となると、やはり物盗りでしょうか」

荒らされた現場を思い出しながら額の汗を拭《ぬぐ》った。夕方になっても気温はまだ下がる気配がない。今夜も熱帯夜になるのだろう。

「場合によっては、何かなくなっているものがないか見てもらったほうがいいかもなあ」

「あさみさんにですか？」

「うん。花を届ける時に室内に入っているでしょ？　もし特徴的なものがなくなっていたら気がつくかもしれない。犯人は時間がないのに部屋を荒らしているからさ、よほど大切ななにかを持って行ったのかなぁってね」

「確かにそうですね。でも、女の子を殺人現場に入れるのは気が引けますね。写真とかじゃだめですかね？」

「うん。ま、その辺は、本部の判断に任せよう」


捜査本部には早くも停滞感が広がりはじめていた。前日の繰り返しのような報告ばかりで、進展しているという実感がないのだ。

野田は腕を組むと、会議がはじまってからまったく変化していない渋面を、いまは河崎に向けていた。

「つまり、ロビーや周辺の防犯カメラにもそれらしい人物の姿はないということなんだな？」

「はい」

「電話をして、救急隊が到着する七分の間に通報者は現場から立ち去っているが、どこの監視カメラにも映っていないんだな？」

河崎は、借金取りに、ないものは払えないと開き直るように言った。

「はい。ここまで映っていないと、カメラの位置等をよく知っている人物ではないかと思われます」

「目撃証言はどうだ？」

管理官の目がこちらを向いていた。メモを取っていてそのことに気付くのが遅れた愛梨は、慌てて起立した。

「は、はい。事件の前日、武田クリニックに花を届けたという女性店員から話を聞きましたが、被害者本人に悩んでいるような印象はなかったそうです。また、周辺で怪しい人物も見ていません」

「そうか。わかった」

野田は、報告を終えたと思っていた愛梨が着席しないのを見て怪訝《けげん》顔を向けた。

「どうした。なにかあるか？」

愛梨は吉澤と目を合わせてから言った。

「管理官。その花屋の店員なのですが、彼女に現場を確認させてはいかがでしょうか」

「どういうことだ？」

「事件の前日、花を届けるためにクリニックに立ち入っています。なにかなくなったものがあれば気づくかもしれないと思いまして」

野田は机に置いた現場写真に目を落としていたが、目だけを持ち上げた。上目づかいに見られるかたちになったが、眼鏡を通さないぶん、眼力がダイレクトに突き刺さるような感覚を覚えた。

「物盗りが目的だったと？」

「わかりません。ただ、わざわざ現場を荒らしているのが腑《ふ》に落ちなくて」

野田はしばらく考えを巡らせているようだったが、両隣の幹部らに小声で確認を取り、言った。

「わかった。お前の方から協力してもらえるか聞いてみてくれ」

愛梨は歯切れの良い返事をして着席したが、これで捜査が劇的に進展するかというとそうは思えなかった。野田もそれは感じているのだろう。しかし、やるべきことを犠牲にするわけではないのなら、やらない理由もない。要は他に手がないだけなのだ。

その野田の表情に皆が感じていたこと。

——長期戦になるかもしれない。

この日の捜査会議は、そんな空気感を伴いながら解散となった。

荷物をまとめていると、吉澤が身体を寄せ、内緒話をするようにささやいた。

「あいちゃん、ごはんでも行きませんか」

元義父は相変わらず緊張感がない。

「仕出し弁当じゃ、ちょっと味けないでしょ？」

なんか面倒くさくなりそうな感じがしなくもないが……。

「はぁ、まぁ、いいですけど。どこか、いいところがあるんですか？」

行きつけのお店だと吉澤が案内したのは、山手通りと目黒川に挟まれた路地にあり、マーケティング的には最悪な立地条件に店を構えた居酒屋だった。

それでもカウンターと座敷を合わせて二十席ほどの店内の半分を、年季の入ったサラリーマンがすでに埋めていた。

お洒落な中目黒という立地にあって、ここまで薄汚く、若者がいない店は珍しく思えたが、それが心地良く感じる年代にとってはオアシス的な存在のようだ。

生ビールが入ったジョッキで、なんのためかわからない乾杯をする。

「いやー、あいちゃんは、どうなの、最近」

お通しのひじきの煮付けに箸《はし》をつけながら、ずいぶんと解釈の幅が広い質問をしてきた。

「どうなのって……特になにもありませんけど。本庁に来てから日が浅いので、まだ右も左もわからない感じです。お義父さ……吉澤さんはお変わりなかったですか?」

「あぁ。元気、元気」

無言の時間が流れ、二人ともジョッキを口につける。

聞いてこい、と言われているような気がして、愛梨は渋々、聞く。

「直人さんもよかったですね、軌道に乗ったようで」

「いやぁ、だけどさ。相変わらず意味不明な絵を描いてて、僕にはよくわからんよ」

「でも、好きな絵を描いて食べていけるようになったのならいいじゃないですか」

吉澤は喉《のど》を三回鳴らしてビールを飲むと、口をおしぼりでぬぐった。

「でもさ、パトロンっていうか、スポンサーの気持ちが変わっちゃったらさ、絵描《えか》きなんて潰《つぶ》しがきかないよね。もっとこう、似顔絵とかイラストとか、わかりやすい絵だったら他にも仕事があるだろうに。あいつの絵は親でも理解ができない」

愛梨は思い出す。抽象画というのだろうか。確かに、よくわからない絵を描いていた。

こう言ってはなんだが、自分でも描けそうな……。

そういえば、それで大喧嘩《おおげんか》になったことがあった。

そんなくだらない絵を描いてばかりいないで、仕事してよ！　そんな絵、なんなら私が代わりに描いてやる！

……とかなんとか。

そしたら、普段は大人しい直人が激怒したので驚いた。

適当に色を塗るなら誰でもできる。そこに意味を込めるのが画家だ、と。

画家としてのプライド――愛梨にしてみれば飯の種にもならない――を傷つけてしまったらしい。

「そうそう、いまね、日比谷《ひびや》のギャラリーで個展をしてるってさ。今度行ってみるといいよ。場所はね、日比谷公園から日比谷シャンテに抜ける通りの、ええっと……」

眼鏡を額に乗せ、私用のスマートフォンを遠ざけながら、親指を懸命に往復させている。

「あの、大丈夫なんで」

「ん？」

「捜査は終わっていませんし」

「そうか。ごめん、ごめん。そうだね」

元旦那か絵画。そのどちらかに興味があれば行く理由にもなるが、いまの愛梨にはどちらもなかった。

こころなしか、しょぼんとした吉澤との場を持たせるために、愛梨は小皿料理をあれこれと注文した。

「それにしても、あいちゃん、しっかりしたねぇ。はじめて会ったときは、まだ学生の感じが抜けてなかったけど」

「感じではなく、まだ学生でしたよ」

「あ、そうか。でもいまはこんなに立派になって」

「引き換えに可愛げがなくなったとも言われます」

愛梨は冗談で言ったのだが、それに対する反応はなかったので、本当にそうなのだろうかと心配になった。

そこから会話が弾まなくなった。事件の話ができなければ、所詮《しょせん》はただの他人だ。

やはり、冷たい弁当のほうが良かったかもしれない。

愛梨はジョッキを摑《つか》んだ。

4

愛梨と吉澤は、朝一番で『街角の花屋さん』に向かった。

まだ開店準備中で、店の中と外を忙しく往復していたあさみだったが、愛梨に気付くとひまわりのような笑顔を見せた。

「愛梨さん、おはようございます！」

愛梨が小学生のころ、一番欲しかったのは妹だった。両親に本気で頼んだこともあったが、できたのは弟だった。

だからかもしれない。あさみを見ていると、不思議と心が躍る。

「ごめんなさいね、忙しい時間に」

「いえいえ。あ、お名前の由来がわかったんですか？」

なんのことだろうと一瞬戸惑う。

「あ、ああ、ごめんなさい。そっちはまだ聞いてないの。母親はうるさい人だから」

一度連絡をとったが最後、延々と小言が続く。それはまるで短期間に終わった結婚生活や、刑事という職業を選んだことを根拠に、このままでは幸せを手に入れられないと信じているようだ。そこで人生の先輩としてのアドバイスを聞かされるのだ。だから連絡は必要最小限にしている。

ちなみに、芸術家との結婚には当初から『絶対にうまくいかない』と反対していたため、ほらみたことかという気持ちが強いのだろう。

「でも、うらやましいです。私の母は三年前に亡くなりましたし、父も五年前に。兄弟もいませんので、小言を言ってくれるひとが誰もいません」

ひとりぼっちなんだ。そう思うと、母性に近い感情が湧《わ》いてくる。

「なんか……ごめんなさい」

「いえ、いいんです。その代わり、オーナーがちょっとだけ煩《うるさ》いので」

そう言うと、悪戯《いたずら》な笑みをたたえながら背後を窺って見せた。一見、神経質そうな、体の細い女性がこちらを睨《にら》んでいる。お局様《つぼねさま》といった印象を持った。

「それで、今日はどうされたんですか」

「あのね、実はお願いがあってきたんです」

愛梨は事件現場である武田クリニックに行って欲しいと頼んだ。

「なくなったものがないか、ですか……。もちろん協力はしたいのですが、お花を取り替えて、ちょっと見場良く花瓶に挿すくらいなので、見てもわかるかどうか。診察を受けていた人はどうなんですか。私なんかよりもずっと長く滞在していると思うのですが」

「もちろん、協力をしてもらおうとしているけど、事件直前のクリニックの状況を一番知っているのはあさみさんなの。記録によるとね、あさみさんが花を届けたあと、出張カウンセリングをしてそのまま帰宅している。事件があったのは翌日。つまり、あさみさんの後であのクリニックに入ったのは、武田さん以外では犯人だけの可能性があるの」

あさみは両手で自分の肩を抱きしめた。

確かに、こんなことを言われたら、気持ちは良くないだろう。

「ごめんなさい、別に怖がらせようとしている訳じゃないの。犯人の手がかりを摑みたいの」

「わかりました」

うなずいたあとのあさみは、決意を込めた目をしっかりと愛梨に向けた。

「早いほうがいいといえば、いいんだけど、都合のいい日ってあるかしら」

「そうですね。私はいまからでもいいんですが……」

視線を辿《たど》ってオーナーを見ると、こちらをイライラ顔で見ている。開店準備の邪魔をするな、と言いたげだ。

「オーナーがなんて言うかなあ」

愛梨は得意げに頷いた。

「任せておいて。交渉のプロがいるので」

愛梨はニヤリと笑うと、後ろに控えている吉澤に顎をしゃくって見せた。

なんなら、身代わりに働いてもらっていてもいいわ。

吉澤の交渉がうまくいき、配達がある十時までに戻ってくればいいことになった。

まずは隣の中目黒交番に行く。現在も閉鎖されている現場の鍵を管理しているからだ。対応してくれた警官は吉澤と顔見知りのようで、事件の進捗《しんちょく》を興味津々に聞いてきた。

「私も一緒に行きましょうか。このあたりは庭なんで、お役に立つことがあると思いますよ。ああ、捜査本部に呼ばれていればなぁ、ひょっとしたら――」

グイグイと売り込んで来る警官に愛想笑いをしながら、吉澤は鍵の受渡書にサインをし、なにかあったら声をかけるね、と肩を叩いた。

かつては愛梨も同じだった。刑事になりたかったから、なんとかして刑事課に気に入られようと我武者羅《がむしゃら》に手伝いを買って出たものだった。通常の勤務が終わったあとに刑事課に出向いて、睡眠不足でフラフラしながら掃除やお茶くみなどの日々を根気よく続けた。

そうやって、少しずつ認められるようになった。

離婚直後だったから、そのことから目を逸《そ》らしたかったのかもしれない。それが原動力だったと言われても、否定はできない。

「愛梨さんって、かっこいいですね」

中目黒駅の信号が変わるのを待っていたときで、頭上を電車が通過していたので聞き間違えたかと思った。しかし聞きなおしても、あさみは笑うだけだった。

エレベーターに乗り、五階へ。突き当たりのクリニックに向けて廊下を進む。だんだんとあさみが緊張していくのが感じられた。

配達で何度も来たことがあるとはいえ、いまは殺人現場だ。その意味が見えない圧力として のしかかってくるのだろう。

愛梨はそっとあさみの背中に手を添えた。決して押すのではなく、エネルギーを分け与えるような、そんな気持ちだった。

鑑識による指紋採取などは全て完了しているため、すでにバリケードテープは剝《は》がされており、一見、何事もなかったように思える。

鍵を開けてエントランスをくぐる。

まるで、まだ死体がそこにあるのではないかと怯《おび》えるように、あさみは愛梨の背中に隠れながら歩いた。

「ずいぶん雰囲気が変わっちゃってると思うけど、焦らなくてもいいから、ゆっくりと見てもらえる？」

「はい……」

あさみは恐る恐るといった感じで愛梨の背中から離れると、部屋の中を見回しはじめた。

はじめに観察したのは、部屋の奥にある直径一メートルほどの丸テーブル。腰の高さほどあり、磁器の花瓶が置いてある。報告書によると伊万里《いまり》焼であることがわかっているが、花はもう撤去されている。

あさみはここで花の入れ替えを行っているところをイメージしているのか、テーブルを周りながら室内に目を配っていた。愛梨と吉澤は部屋の隅に移動し、静かに待った。

あさみは、二分ほどそうやっていろんな角度から観察しては自身の記憶と照合していたが、やがてため息をついた。

「すいません、私にはよくわかりません。印象に残っていたものは、全てある気がします。お役にたてなくて、ごめんなさい」

申し訳なさそうに頭を下げるあさみに、愛梨は微笑《ほほえ》みかけた。

「こちらこそ、わざわざ来てもらってごめんなさい。これも警察の仕事なの」

その時、あさみの様子がおかしいことに気づいた。吉澤も気になったようで、あさみの顔を覗き込んだ。

「大丈夫？」

あさみは頷いたものの、呼吸は荒く、その顔は赤く上気していた。

入室してきたときにエアコンは入れたが、淀《よど》んだ暑い空気をまだ冷ませてはいなかったからなのか。

「外に出ましょう」

愛梨はあさみをドアの方にゆっくりと誘ったが、過呼吸のような状態はますます悪化していく。肩に手をやると、汗びっしょりだった。

そして廊下に出ると、ついに倒れ込んでしまった。

「あさみさん、なにか持病がある？　常用してる薬とか持ってる？」

あさみは首を振る。喉からはヒューヒューと息が漏れるだけで、喋ることができなそうだ。喘息《ぜんそく》の症状に似ているが、なにが起こっているかわからない。

振り返ると吉澤が携帯電話を取りだしていた。救急車を呼ぶつもりなのだとわかったが、すぐに廊下を駆けだした。同じ階に内科医院を見付けたのだ。

吉澤に連れてこられた若い医師は、あさみを覗き込みながら聞いた。

「発作の症状はいままでありましたか？」

「私はわかりません。本人も、持病などはないと……」

「とりあえず、こちらへ」

医師と吉澤はあさみを両方から抱え込むと医院に入り、何事かと目を向ける待合室のひとたちの間を通ってベッドに寝かせた。

愛梨はどうすればいいのかわからなかったが、触れたあさみの手をしっかりと握っていた。

あさみの発作はほどなく収まった。

症状が消えてしまえば、何事もなかったかのようにケロッとしていて、本人も恐縮しっぱなしだった。

「本当にごめんなさい、ごめんなさい、ごめんなさい」

花屋に送り届けるあいだに、あさみが頭を下げた回数は、十回を超えていた。

「いままで、こんなことになったことないので自分でも驚いてます」

いきなり殺人現場を確認させてしまったのは、彼女にとって刺激が強かったのかもしれない、と愛梨も申し訳なく思った。

「こちらこそ大変な仕事をさせてしまってごめんなさい。本当に大丈夫？」

「はい、大丈夫です！」

見る限り問題なさそうだ。

愛梨は、なにかあったらすぐに連絡するように言って、その場を辞した。

翌日も、早朝から商店街を聞き込みして回った。中目黒駅へと流れ込んでいく人波に逆らうようにしながら、手当たり次第に声をかけるが、相変わらず有益な情報は出てこなかった。

目下、一番怪しむべきなのは謎《なぞ》の通報者なのだが、まず人物像がはっきりしない。挙動が怪しい人物を見咎める人がいたらよかったのだが、この街の雑踏は足跡を覆い隠してしまったようだ。

愛梨と吉澤は、炎天下から逃れるように昭和な雰囲気の喫茶店に入った。アイスコーヒーを注文し、熱が籠《こも》ったジャケットを脱ぐ。背中を濡らしていた汗がすうっと引いていった。

「吉澤さん、現場になったＧＴビルは、中目黒駅のすぐとなりで人通りが多いから、自然に振る舞うことができたら簡単に紛れられますよね」

「うん、でも、そうだとしたら動揺を見せていないということでもある。つまり、はじめから殺すつもりだったという可能性も出てくるね。もしくは殺しのプロ」

アイスコーヒーが運ばれてきて、ふたりはとりあえず喉を潤した。

吉澤は、持ち上げたグラスの底にくっついてきたコースターを取りながら言った。

「まぁ殺しのプロはともかくとして、ここまで情報が出てこないとなると、ふたつのことを考えなきゃならんねぇ」

「それって、なんです？」

「その一。犯行も逃走も偶然で、目撃者がいないのも犯人にとってはラッキーだったたっていうパターン。その二は、全てが厳密に考えられたうえでの犯行ってこと」

「計画的ってことですか？」

「全てがそうだったとは言わないけど、あらかじめ想定していたのかもしれない。ひょっとしたら警察の捜査について、ある程度の知識があるのかもしれないね」

だとしたら、手強《てごわ》い。

「現金が取られた形跡もないようですし、そうするとやはり怨恨……か。精神科医って恨まれるんですかね？」

「どうだろうね。程度の差こそあれ、心に病を抱えている人たちを相手にしているから、なにかトラブルがあってもおかしくないとは思うけど」

「顧客リストを当たっている班も、苦戦しているようですね」

「うん。みなカウンセリングに通っていたことを隠したがるようだね」

愛梨はふと窓の外を眺めた。行き交う人の中に知っている人物が目に入り、あっと声をあげた。

「どうしたの？」

「あれ？　あさみさんかな」

「花屋の？」

「はい。でも……」

様子が違って見えた。快活な印象はなく、伏し目がちに歩くその歩幅は小さい。真夏なのに、まるで寒さに震えるように両手で胸を抱え込んでいた。

別人かとも思ったが、昨日の発作が頭をよぎった。ひょっとしてまた具合が悪くなったのかもしれない。

愛梨は吉澤を残したまま店を飛び出した。

あさみは山手通りを池尻《いけじり》方面に歩いていた。サラリーマンにぶつかり、頭を下げる。すると反転した身体の向きをそのままに、こちらに向かって歩いてきた。行く当てがあった訳ではないようだ。

「あさみさん」

正面から両肩を支えるようにして、俯《うつむ》き気味の顔を覗き込んだ。

「あさみさん？」

もう一度声をかけると、目をゆっくりと持ち上げたが、愛梨を見る目は怯えていた。

「私です、警視庁の青山です。どうかしたの？　具合でも悪い？」

あさみは小さい声でなにかを呟《つぶや》いていた。

ごめんなさい、ごめんなさい、ごめんなさい……。

昨日も、同じように謝っていたが、その時は照れを隠すような明るい声だった。それが今は違う。あまりの印象の違いに、愛梨は困惑した。

「あさみさん、よね？」

そう聞いても、あさみ――によく似た女は目を丸くし、頭を小刻みに振りながら、後ずさりした。

「ごめんなさい、ごめんなさい……」

ここまでくると同一人物とは思えず、その雰囲気の違いは人相の違いまで感じさせていた。

ひょっとして、あさみには双子の姉妹がいたのか？

なにも言えないでいると、彼女は頭を下げ、小走りに立ち去った。

その後を追おうとしたとき、声がかかった。

「あいちゃん、大変だ」

吉澤が駆けつけてきた。手には愛梨の荷物を持っていたので、会計は済ませたようだ。

こっちはこっちで様子のおかしなあさみと話したばかりで、これよりも大変なことはなさそうに思える。

「なにかあったんですか？」

聞きながらも視線はあさみを追っていた。そこに携帯電話が鳴った。有賀だった。

『おい青山、犯人が自首してきたぞ！　すぐに戻ってこい！』

えっ、自首してきた？

『それも、現職の警察官だ！』

確かに、大変なことになった。


犯人が自首してきたとの連絡を受けた愛梨と吉澤は捜査本部にとって返した。他の捜査員たちも続々と集結しつつあって、会議室は騒然としていた。

後ろから肩を叩かれた。有賀だった。

「あっ、班長、どんな状況ですか」

「俺もいま戻ってきたばかりで全てを把握していない。詳しくはこのあと管理官から説明があるだろうが、まさかこんな事態になるとはな」

そこに野田をはじめとした幹部たちが入室してきた。昨日まで姿を見せていなかった人物もいる。ほとんどが知らない顔だったが、唯一、福川《ふくかわ》捜査一課長はわかった。その福川が頭を下げているところを見ると、その他はさらに上の幹部ということになる。自首してきたのが警察官だったということが、より現実感を伴ってくる。

起立の号令がかかって、静寂になる。着席し、皆、言葉を待った。口を開いたのは野田管理官だった。

「聞いていると思うが、今から三十分ほど前、犯人を名乗る人物がここ目黒署に出頭した。笹野《ささの》良雄《よしお》警部、年齢は四十一。本庁総務課長補佐だ」

吉澤が身体を寄せてくると、小声で言った。

「身長は一八〇以上あるってさ」

愛梨はハッとする。本棚の一番上まで手が届く……。

ざわつきが大きくなるが、それを蹴散《けち》らすように野田は声のボリュームを上げた。

「現在も聴取が行われているが、ここまでの状況を報告する」

目配せをされた捜査員が起立した。

「笹野――」

どう呼称するべきか迷ったようだったが、結局は呼び捨てで続けた。

「――は現場の様子について、詳細なことまで語っており、その点において不整合はありません。また救急通報の際の音声の照合を進めておりますが、こちらも本人である可能性が高いということです」

「動機については？」

「笹野は今年になってから、情緒不安定であったことを自覚し、武田医師のカウンセリングを受けていたようです。しかしそのなかで対立が起き、カッとして犯行に及んだと供述しております」

野田が横並びに座る初見の人物に声をかけた。

「笹野について、そのような報告はありましたか？」

「いえ、健診も定期的に受診していましたが、そういったことは報告されていませんでした」

吉澤が小声で言う。

「総務部長だ」

愛梨は頷いた。部長職はキャリアだから笹野よりも若い。部下が事件を起こしたことに動揺を隠せていなかった。

ざわつきが大きくなった刑事たちの中で手が上がる。河崎だ。

「すいません。我々は武田医師のクライアントリストを当たっていましたが、その中に笹野の名はありませんでしたが」

もう一度手元の資料に目を落とし、間違いないことを示すように力強く頷いた。

「その線も追う。ひょっとしたら、本人が記録を残さないように言っていたのかもしれん」

ますます大きくなったざわつきは収まる気配を見せなかったが、福川捜査一課長が立ち上がると、ぴたりと止《や》んだ。

「みな、聞いてくれ。予期せぬ事態となり動揺もあるだろうが、それは国民も同じだ。警察に対する信用は失墜し、風当たりも強くなる。しかし我々がいま求められていることはなにも変わってはいない。真実を明らかにすること、それだけだ。それが信頼となり、将来の警察を築く礎《いしずえ》となる。今後も野田管理官の指揮のもと、一丸となって捜査に当たってほしい」

浮ついた雰囲気が、ぴしっとひとつになった。

野田が鋭い視線を崩すことなく言った。

「事態急変につき捜査を立て直す。組分けも次の通り変更する――」

5

なんで私はそのままなんだ。大きく組織が変更されるなか、愛梨は引きつづき吉澤と元義理の親子コンビを組むことになった。

このやりづらい状況から抜け出せると思ったのに。

与えられた任務も基本的には以前と変わらない。商店街へ向かい、すでに聞き回ったところをもう一度回る。

ただ、今度は笹野の写真を持っている。

自首しているとはいえ、この時点では、まだ犯人だと決まったわけではないので、余計な動揺を与えないよう、慰安旅行の際に撮られた私服姿のものを使っている。集合写真を引き延ばしているのでややぼけているが、雰囲気はわかる。

「いやぁ、どうだかなぁ」

細く絞ったタオルをスキンヘッドに巻き付けている総菜屋のオヤジさんが言った。横から話好きそうな妻が覗き込む。

「ねね、この人が犯人なの？」

「そういうことではないんですよ」

「でも、聞き回ってるってことは、そう思ってるってことでしょ?」

商店街のネットワークは侮れない。噂に尾ひれがついて回ることもあるので、愛梨は不用意なことを言ってしまわないよう慎重に言葉を選んだ。

「いえいえ。この人が事情を知ってそうなので探しているんです——ところで、これ。美味《お》《い》しそうですね」

一分後、愛梨は片手に〝しらたき〟が入ったビニール袋を持っていた。

「なんで?」

吉澤の怪訝顔はもっともだが、強力な尋問スキルを持つ総菜屋の夫婦の話を逸らすには、こうするしかなかったのだ。

自動販売機でコーヒーを買い、ひと息つく。太陽もかなり傾き、気温も落ち着いてきていた。

愛梨は聞いた。

「それにしても、ショッキングですよね」

「うん、マスコミの取材合戦が始まると僕たちもやりづらくなる。さらに噂や思い込みで誤解した証言をする人も出てくるかもしれないから、畑が荒らされる前に収穫しなきゃね」

畑というのは、この商店街のことだ。マスコミによる取材、心ない詮索《せんさく》、そんなものに正しい情報が汚されてしまう前に摘《つ》み取る必要があるということだ。

コーヒーを飲み終わり、これからまた聞き込みに行こうかというときに吉澤が心配そうに聞いてきた。

「だいじょうぶ?」

「え、だいじょうぶって? ああ、このしらたきですか。確かに暑いと傷むのは早いですけど」

「違うって。なんか、心配事があるんじゃない? 気持ちが他のところに行ってるような感じだよ」

「そんなことありませんよ。集中してます」

なんでそんなことを言うのだ、と思ったが、確かに心の片隅に燻《くすぶ》りを抱えていることに気づいた。

「あの、一箇所、寄りたいところがあるんですけど、いいですか」

吉澤は、そのために聞いたんだ、とばかりに頷いた。

『街角の花屋さん』を覗き込み、笑顔で接客をするあさみを見て安心した。やはり、あれは別人だったのだろう。

愛梨を見つけたあさみが弾《はじ》けるような笑みを浮かべた。

「愛梨さん、こんにちは!」

いつものあさみだ。昨日の人物とは明らかに違う。

「あれ、なにかありました？」

愛梨が複雑な顔をしていたからかもしれない。あさみが聞いた。

「ううん、ごめんなさい。ちょっと心配してたことがあって。でも大丈夫そう」

「え、なんか気になります」

「実はね……」

愛梨は『あさみによく似た女』と出会ったことを話した。

他人のそら似ですよ、と笑ってくれれば良かったのだが、あさみの顔は沈んでいった。

「そうですか……やっぱり」

俯いたあさみを、今度は愛梨が覗き込んだ。

「あれは、あなたじゃなかったのよね？」

「はい……。でも、心当たりもあって」

「なんでも言って？」

口ごもるあさみに、愛梨は笑みを向け、励ますように言った。

「実は、そう言われることが最近あるんです。双子がいる？　とか」

周囲を気にするように見渡した。

「愛梨さん。解離性同一性障害って、わかりますか？」

愛梨は、その憂い顔の意味がわかってハッとした。

「うん。でも、ちゃんと理解はしていないかも」

「私、そうなんです」

解離性同一性障害とは、複数の異なる人格を共存させている精神疾患で、便宜的に「多重人格」と言われることもある。

別の人格が生まれる理由は、主にストレスやトラウマになるような出来事だとされているが、そのメカニズムはまだわかっていない。中には十を超える数の人格がひとりの人間の中で共生する事例もあるという。人格が交代している間の記憶はないことが多く、なにをきっかけに人格が交代するのかも様々……。

知っているのはその程度で、深刻さを理解して同情を示すことができるだけの知識は持ち合わせてはいなかった。

「つまり、私が昨日見た人は、あなたではあったけど、人格は違った?」

「はい。私にはその時の記憶がありませんので」

予想外のことに戸惑った。

「そんなことは、これまでもよくあったの?」

「五年前に父が亡くなったのですが、それがきっかけだったと思います。でもいいお医者さんが治してくれて、それからは全くなかったんです。でも、最近になってまた記憶が〝飛ぶ〟ことが起きるようになって、ひょっとしたらって思ってて……」

愛梨には到底考えの及ばない事態だった。助けを求めるように吉澤に向き直るが、同様に何を言ってあげるべきなのかわからないような困惑した表情だった。

「それに、なんだか気持ちが悪いんです」

「それって、この前の発作みたいな？」

「いえ、そういうのではないのですが、なんていうのか。きっと別の人格が動き出しているからだと思うのですが、体を勝手にいじられているような、体の奥がむず痒《がゆ》い感じなんです。まるでハイジャックされてるみたいで……気持ちが悪いんです」

太陽が陰ったように、彼女の目は色彩を弱めた。

「いつ人格が交代してしまうかわからないから、とても不安で。今こうしている間にも変わってしまって、なにか迷惑をかけちゃうんじゃないかって……」

「そのお医者さんに、もう一度診《み》てもらうってことは？」

「アメリカに行かれたと聞いています」

そうかぁ、と唸《うな》る。

「実は、武田先生もそれを心配してくれていたんです」

「治療をうけていたの？」

「いえ。でも配達のたびにお話をしてくれるようになったんです。お医者さんから見ると、私が解離性同一性障害を発症しているのはすぐにわかったそうです。気持ちが乱れると別の人格が現れてしまうかもしれないので、落ち着かせるために主に音楽を使った方法で気持ちを穏やかにしてくれました」

「音楽……療法？」

「治療というか、歌詞の無いクラシックやシンセサイザーを使った音楽を聞きながら少し横になるだけなんです。きっと、ちゃんとした理論があるんでしょうけど、私にはよくわかりません。でも、不思議と心が軽くなるんです」

あさみは陳列されていたプルメリアをそっと撫《な》でた。

「予約の合間でお忙しいはずなのに、先生には親身にしていただいて、お金もいらないって。花をよく注文してくれたのは、本当は私に気を遣わせないようにして、様子を見てくれるためだったたんじゃないかって思います。先生はそんなこと、一言も仰いませんでしたけど。そんな素晴らしい方だったのに」

あさみがうなだれると、周囲の花までしおれてしまうような雰囲気があった。

「私……なんか、おかしなことをしていませんでしたか？」

すがりつくような目に、なにかしてやりたかったが、どんなに推し量ってもわかりようがなかった。

だから、明るい声で言った。

「ううん。雰囲気が違ってて、気分が悪いのかと思って声をかけたの。私のことを知らないみたいだったから戸惑っちゃったけど、普通の女の子って感じだったわよ」

「すいませんでした」

あさみは、別の人格を代表するように謝った。

「ううん、そんなこと……。私にできることがあったら、なんでも言ってね」

「ありがとうございます」

最後は声にも覇気が戻ってきたように感じた。

立ち去ろうとして、ふと思い出す。

「あ、そうだ。ちょっと聞きたいんだけど」

愛梨はバッグから笹野の写真を取り出した。

「この人、どこかで見たことないかしら」

写真を見たあさみは、おやっと声を上げた。

「もし間違っていたら申し訳ないのですが……」

「ううん、大丈夫。なんでも言って」

「たぶん、お客さんだと思います」

愛梨は吉澤と顔を見合わせた。

「よく来てた？」

「いえ……どうだろう。一年に一度くらいって感じだと思いますけど」

「直近ではいつ？」

「ええっと、先週の日曜日だったかなぁ……」

ということは、事件の五日前だ。

「ちなみに、どれくらい前からこのお店に？」

「たぶん、三年くらい前だったと思います」

吉澤が横に並んで聞いた。

「間違いないかな？　決してあなたの記憶力を疑っているわけではないんだけど、そんなに頻繁に来ていたわけでもないのに、よく覚えているなって」

「ええ。だってこのあたりに住んでいらっしゃるんですよね」

愛梨はまた、吉澤と顔を合わせた。

確か、笹野の自宅は三鷹《みたか》駅近くのはずだ。ここから電車で四十分ほどかかる。

「どうしてそう思うの？」

「配達をしているときなんかにすれ違うことがあるんです。会釈するくらいで話をするわけではないんですけど」

「それはどの辺で？」

「とくに決まっていませんけど……まぁ、駅の周りとかで」

「時間はどうかしら？」

あさみは、うーん、と唸りながら天井を見上げる。

「バラバラだと思います。曜日も決まってないし。というか、そこまで気にしたことなくて」

「それはそうよね、ありがとう。ちなみに花を買うときって現金かしら？　それともカード？」

「えっと……現金だった気がします」

カードなら追跡できると思ったが、残念。ならばと聞く。

「じゃあ、お会計のときや、街で会った時なんかに話をしなかったかしら。気になるフレーズとか言っていなかった？」

「それも特に。街で会う時は会釈するくらいですし、お会計の時も、暑いですね、くらいでしょうか。無口な方だったと思います。この人も事件に関係があるのですか？」

「ううん。まだわからなくて様々な方向から情報を集めているところなの。いろいろ聞いちゃってごめんなさい。本当にありがとう」

立ち去ろうとして、ふと立ち止まる。

「ところで、この人はなにを買ったのかしら？」

「ああ、これですよ」

指をさしたのは、プルメリア。

「ちなみに去年は？」

「同じくプルメリアです。毎年この時季に買われるので、なにかの記念日かなって思っていましたけど」

年に一度、しかも毎回プルメリア。なにか意味があるのだろうか？

愛梨はしばらく頭の中を整理した。

「なんでプルメリアなんだろう？　こう言うとおかしいけど、男性が買うような花に見えないんだけど……なにか意味があるのかな？　特定の行事に使われるとか」

「んー、どうなんでしょう。ハワイではレイに使ったり髪飾りにしたりしますけど、日本では特に行事で使われることはないかと……。花屋のくせによく知らなくてごめんなさい」

「ううん、ありがとう。参考になったわ」

愛梨は吉澤とともに、その場を後にした。歩きながら考える。

もし、あさみの見た人物が笹野に間違いなかったとすると、笹野の供述に狂いが出てくる。

「笹野は今年になってからカウンセリングに通いはじめたと供述していましたが、中目黒には、その前から来ていたってことになりますよね」

「そうだね。となると、ずいぶん前から武田を狙《ねら》っていたのかもしれない」

「じゃあ、カウンセリングは嘘《うそ》?」

吉澤は頷いた。

「その可能性はあるよね。笹野が監視カメラに写らずに逃走できたのも、幾度となく、このあたりを歩き回りながら調べていたからなのかもしれない」

それは納得だ。

「カウンセリングに通っていたという事実も、その必要があったという根拠も、いまのところ確認されていませんもんね。つまり、ここに来ていたのは武田を狙っていたからということになる、と」

「うん。ひょっとしたら、ふたりの間には確執のようなものがあったのかもしれない」

笹野が武田を恨む理由がまだ見えてこない。それと、わざわざ部屋を荒らしていたことや、そしてなぜ日にちを置いて自首してきたのかも不明だ。

「とりあえず、笹野がこのあたりをうろついていたことについては聴取班に伝えよう。なにかボロを出すかもしれない」


夜の捜査会議で、愛梨は笹野らしき人物が以前から中目黒周辺で目撃されていたという報告をした。

それなりに皆の興味をひいたものの、野田は冷静だった。

「だからといって武田との関係を証明するものではない」

確かに。別の用件で中目黒に来ていた可能性もあるからだ。

しかし野田は愛梨の情報を切り捨てたわけではない。他の情報と合わせて検討すべき事項なので浮き足立って結論を急ぐな、と言いたいのだ。

慎重になる理由も理解できた。

笹野は犯人を名乗り、自首してきているにも拘《かかわ》らず、なぜか解決に向かっているという実感がない。それはカウンセリングにしろなんにしろ、笹野と武田の接点に関して裏付けが取れず、関係がはっきりと見えてこないからだ。

笹野の供述を疑うことも信じることもできない。そんな状況だった。

被疑者が出頭してきたいまも、捜査会議に高揚感が希薄なのは、犯人が警察官だからではなく、そのどこかぼんやりとした不安が反映されているからなのだろう。

今夜の会議は早々に解散となり、皆、方々に散っていった。愛梨も引き上げようとしたとき、野田管理官の有賀を呼ぶ声に、ふと足を止めた。

目をやると、野田は隣に座る幹部に耳打ちされながら、怒りと呆《あき》れが混ざったような顔をしている。その向かいに立つ有賀も、なにを言われたのか困惑した表情だ。

そのふたりの視線が、会議室内をすーっと動いて、愛梨を捉《とら》えた。

あ、いやな予感。

「青山、ちょっといいか」

遅かった……。解散の号令とともに、すぐに退散していればよかった。

しかしそんなことはおくびにも出さず、素直で優秀な部下を演じながら最前列まで歩いた。

「は、なんでしょうか」

有賀が言う。

「ちょっと、頼みがある」

管理官は有賀に代弁させると決めたように、愛梨を睨みつけるだけで口を開かなかった。

「いま下に、渋谷《しぶや》という精神科医が来ている」

「精神科医？　被害者の関係者ですか？」

「まぁ、そうともいえなくもないが。実はな」

　黙っていられなくなったのか、管理官が話を継いだ。

「その医者の面倒をお前に頼みたい」

「面倒とは、聴取でしょうか？」

「いや、行動を共にして、彼が知りたいことを教えてやってくれ」

　ん？　私のことが知りたいの……というわけではないだろう。

「すいません、よくわかりません。どういうことですか？」

　管理官が、ＦＡＸされてきたと思われる資料をテーブルの上でくるりと回し、愛梨の方に差し出してきた。

　渋谷という人物の経歴だった。斜め読みして、ふと目を止めた。

「神奈川県警本部長賞？」

「ああ。その世界では有名な人物らしくてな、警察にも多くの協力をしてきている。特に心理学を応用した職務質問の講習会や、被疑者の精神鑑定、被害者のカウンセリングなどで実績を残している。いまはアメリカの大学にいらっしゃるそうだが、わざわざお越しいただいたようだ」

　普段、感情を表すことがない野田の口ぶりに棘《とげ》を感じた。どうやら野田も押し付けられたようだ。警察の上層部には様々な派閥《はばつ》やしがらみが入り乱れているのだろう。

「情報を与えるというのは、捜査情報を、ということですか？」

「ああ。上からのお達しだ。守秘義務契約も交わしているから、その筋の専門家として助言を求めろと。どうやら絶大な信頼を得ているようだ」

その口調から、管理官は乗り気ではないことが窺えた。

「だが、なんでも渡していいわけじゃない。笹野と武田の関係を見つけるためだ。つまり、こっちも利用するということだ。いいな、必要以上に情報を渡すな。その上でアドバイスはありがたく頂戴《ちょうだい》しろ」

野田が嫌味を言ったのが新鮮で、内心にやけそうになった。

「現在の捜査はどうしましょうか」

「外れていい」

ということは『お義父さん』からは離れられるのかな。

と、ここで野田の視線が一際鋭くなった。

「いいか、少しでもおかしな気配を感じたらすぐに報告しろ」

「おかしなことと言いますと？」

「わからん。ただ、この状況がおかしいだろ」

野田は吐き捨てた。

階段を降り、踊り場で横に並んだ有賀が申し訳なさそうな声で言った。

「犯人を捜すというフェーズは終わり、言うなれば、いまは確認作業だ。しかし、なにかすっきりしないだろ」

「確かにそうですね」

「その理由はいろいろあるのだろうが、被害者の職業が特殊だからな。専門家の意見も聞いてみる、ってことだ」

「上からですか」

「ああ。管理官も話の出所がわからなくて落ち着かないんだろう。お前も貧乏くじを引かされたとか思うよな」

「そんなことは、全然」

思っていたけど。

ただ、元義理の父と一緒にいるのもどうかと思っていたので、よしとするか。

「渋谷がどんなことを聞いてくるかわからん。情報を渡す渡さないの判断はお前に任せるが、迷ったら相談しろ。面倒くさいかもしれんが、管理官まで話を通しておけば、お前が責任を負わされることはない」

「了解です」

「じゃ、頼んだぞ」

有賀は、愛梨の肩をポンと叩いて立ち去った。

二階の小会議室のドアをノックする。返事を待たずにドアを開けると、人の良さそうな笑みを浮かべた男が立ち上がった。年齢は四十五歳だと資料に載っていたが、精神科医というイメージとはずいぶん違った。

立ち上がって頭を下げた渋谷医師は、長身で長い髪を後ろで束ねていて、薄い唇の周りをよく手入れされた髭《ひげ》が囲っている。

愛梨はブランド物に詳しい訳ではなかったが、品のいい明るい色のジャケットを着ていて全体的に爽《さわ》やかなイメージがあった。

現在はアメリカ西海岸を拠点にしているためだろうか。

「渋谷です」

しかも、心を許してしまいそうな、落ち着きのある声だった。それがもともとなのか、心に病を持った患者を落ち着かせるために職業として自然と身についたものなのかはわからなかった。

いい男ほど油断するな、と自分に言い聞かせた。

「青山です。この度は捜査にご協力いただけるとのこと、ありがとうございます。渋谷先生のご質問にお答えするように言われております」

「恐縮です。どうぞ、よろしくお願います」

差し出された名刺を見る。

『相武医科大学心理学部心理基礎研究科准教授　渋谷雅治《まさはる》』。

さらに『精神科医　臨床心理士　カウンセラー』の文字もある。

うーむ、この男の属性がよくわからない。

「あの、基本的な質問で申し訳ないのですが」

「なんでしょう」

柔らかい笑みと声。

言っておくが、私にはそういうのは通じないぞ、と愛梨は思う。小娘だと思って舐《な》めるなよ、なにしろこっちはバツイチだ。

正当な理由があるわけではなかったが、愛梨はバリアを強めた。

「精神科医と臨床心理士って、なにが違うんですか」

ああ、と言って渋谷は頷いた。

「どちらも精神的な悩みをお持ちの方が豊かな生活を送れるように手助けをするのが仕事ですが、一番の違いは薬を処方するかどうかですね」

「えっと、それは精神科医のほうが？」

「そうですそうです。精神科医は国家資格で医師ですが、臨床心理士は民間資格です」

「じゃあ、精神科医でありながら臨床心理士でもあると？」

「ええ。両者は目的は同じでもアプローチは異なります。多くの患者さんと接し、研究を進めて行く上で広い見地が必要だったのです」

「なるほど。ではカウンセラーというのは」

「カウンセリングするひとのことです」

いや、それはそうだ。

「結局、先生は何者なんですか？」

言葉は端的になってしまったが、聞きたかったのは、『あなたのような大先生がなぜここにいるんですか』ということだった。

渋谷はその意図を汲《く》み取ったようだ。

「まず被害者である武田先生ですが、僕と同じ精神科医であり臨床心理士です。それらの知識を活《い》かして、精神心理的な援助活動をされていたと聞いています。もしこの職業特有のなにかが事件を理解するための壁のひとつになっているのであれば、きっと専門家から意見を聞いてみようってことになりますよね？」

渋谷は自分の鼻のあたまを人差し指でさした。

その専門家が自分なのだ、と言っているのだろうが、四十過ぎたおっさんが茶目っ気を出していることに愛梨はイラっとした。

吉澤もやりづらかったが、こっちも大変そうだ。

「ちょっと基本的に気持ちの悪いことがあるのですが」

愛梨が言うと、渋谷はひょいっと顔を上げた。

「どうしました？」

「私は先生のご質問に答えるように言われていますが、そもそも、どうして先生のほうが疑問を持つんです？」

「えっと、意味がよくわかりませんが」

「簡単に言うと、捜査の主導権が先生のほうにある気がするってことです。先生は有名な探偵なんですか？」

渋谷は合点したようで、愉快そうに笑った。

「確かにそうですね。それで気持ち悪いと。こいつは何モンだ、って」

また笑った。こっちはちっともおもしろくない。

「僕は名探偵ではありませんよ。あなたがたの疑問にお答えするためには、僕自身も事件を理解する必要があるかもしれない。そういう意味です。捜査の主導権は、もちろん警察のみなさんにありますよ」

個人的に、いい歳をして自分のことを僕と呼称する男も信用できない。

「捜査といっても、犯人はすでに確保していますけどね」

「ええ。でも犯人の供述を丸呑《まるの》みにできないのでは？　それでみなさん困っていらっしゃる」

なんでわかるのだ。もう誰かが状況説明しているのか？

「僕は精神科医で超能力者ではありませんよ。ただ、僕が追い出されずにここにいるってことは、そういうことなのかな、と」

正直、うさんくさいのだが、確かに違う視点も必要かもしれない。

愛梨は鼻から息を吐き、思い出したかのように着席した。渋谷もそれにならう。

「それで、具体的にどんなことをお知りになりたいのですか？」

渋谷は手帳を開いた。

「事件について、まずは全体的にといいますか」

ぼんやりとした言い方に、愛梨はいらついた。渋谷が口角をあげる。

「申し訳ない。いきなり、摑みきれない質問をされてもお困りですよね。お気持ち、お察しします」

愛梨の胃袋の裏側あたりでチクチクと痛むような感覚があった。

「超能力者でもないのに、人の気持ちを察することができると？」

我ながら棘があるなと感じた。

渋谷のにやけ顔が、なんでもお見通しなのだという精神科医としての能力をひけらかされているように思えてしまう。

愛梨はポーカーフェイスの持ち主とは言い難かった。これから刑事として経験を積めば身につくのかもしれないが、いまは感情がストレートに表れてしまっている。

その荒波のような感情とは正反対の、南風のような笑みを浮かべた渋谷が言った。

「まず、いまの質問の仕方はオープンクエスチョンと言って、質問した相手に回答の幅や量を委《ゆだ》ねるものです。多くの情報を得られる反面、聞かれた方はストレスがかかります。どこからどこまで話さなければならないのかわからない、すでに知っていることではないのか、なにを意図した質問なのか。早く済ませることはできるけど、それも試されている気もする……と」

渋谷は、でしょ？　と聞くように目を覗き込んでくる。

「それと、僕自身が何者かわからず、敵味方の判断もつけられていないのではないでしょうか。おそらく上司の方にもそんな風に言われていたのかな？　どこの馬の骨かわからない怪しい奴、というイメージが出来上がっちゃうんですよね」

まいったなぁ、と後ろ頭を掻いてみせた。

当たってはいた。が、認めるのも悔しい。

「お知りになりたいことを具体的に言っていただければ、上司に判断を仰ぐなりして、時間を節約できると思っただけです」

渋谷は柔らかい笑みを向けた。

「僕はひと通りの情報に触れる許可は得ておりますよ」

「そういえば上層部と強い繋がりをお持ちのようですね？」

「はい、そうなんですよ」

渋谷ははっきりと言った。

「まぁ、信用してくださいというのは簡単ですが、青山さんのお気持ちもよくわかります。無理は言いません。僕は与えられた情報で判断するのみです」

渋谷はそう言うと、この論議を決着させることについて同意を求めるように微笑んだ。

「僕が来たのは、一緒に真相を考えるためですよ」

愛梨の中の『嘘発見器』がさかんに反応しているのだが、いま戦ってもなにも生まれないだろう。

話を進めながら様子を見るか……。

「まず、ことの発端ですが――」

愛梨は、探りながら全体的なことを広く浅く話し始め、渋谷が質問してくれば、深く掘り下げて説明した。

黙って頷きながら聞いていた渋谷の眉根《まゆね》がきゅーっと寄ったのは、笹野の供述のくだりだった。やはりどこか納得がいかないようだ。

「聴取の時、どんな様子だったのでしょうか。視線が泳いでいたとか、早口だったとか」

渋谷は資料を見ながらポケットに手を入れた。そこから出てきたのは、ラムネの瓶を模した菓子だ。それを手のひらで振って二粒ほど取り出すと、口に放り込んだ。

「さぁ、私はその場にいなかったので報告書に書かれていることしかわかりません。なんなら聴取を担当した者と代わりましょうか」

親切に聞こえるように言っているが、渋谷の面倒よりも通常捜査に戻りたいという打算もあった。

「あー、いえいえ。それにはおよびません。その他に得られたことなどはなにかありますか?」

ちっ。

三十分ほどをこんなやりとりに費やし、今日はこのくらいでということになった。

渋谷はまたラムネ菓子を口にした。

どこかで、大の大人、しかもインテリは駄菓子を食べないと思っていた愛梨の視線に気付いたのか、渋谷が照れながら言った。

「ああ、これですか。アメリカではなかなか手に入らないので帰国すると箱買いするんです」

瓶ビールをつぐように、愛梨のほうにラムネの容器をかかげて見せた。

愛梨が断ると、そうですかぁ、と残念そうな顔をした。

「これいいんですよ。集中したい時とか頭の回転を早めたい時なんかに食べるんです。ヘタなサプリよりも効く気がします」

「そうなんですか？　お菓子がですか？」

「ええ。これ、ほとんどがブドウ糖で出来ているんです。脳にとって最も即効性のあるエネルギー源はブドウ糖ですから」

医者がそう言うと、妙に説得力がある。

「これどうぞ。効くかどうかはともかく、ちょっとしたリフレッシュになると思いますので」

バッグの中から未開封のラムネ菓子を差し出してきた。ちらりと見えたが、確かにどっさりと買い込んでいた。

「すいません、いただきます」

受け取ると、渋谷は嬉しそうに笑った。

「ところで、精神科医や臨床心理士が顧客から襲われるってことはあるんでしょうか？」

渋谷は肩掛け鞄《かばん》に荷物を詰め込みながら、そうですねぇ、と呟く。

「接しているのはなにかしらのストレスを感じている方たちです。ちょっとした誤解から感情をコントロールできなくなってしまい、暴力に発展してしまうというケースはあるかもしれません」

「被害妄想とか、逆恨みとか」

「はい。なにより信頼関係が第一の仕事ですが、なにかのきっかけでそれが失われてしまうと、恨まれることは確かにあるかもしれませんね。しかしながら、それは普通の人も同じでは？　テレビなんかで犯人が住む家のご近所さんにインタビューをしているのを見ますが、『まさかあの人が』とか『普通の人でした』とか『いつも笑顔で挨拶を』とか、よく聞きませんか？」

「もちろん、クライアントの方々が事件を起こしやすいなんて言うつもりはありません。ちなみに、渋谷先生は？」

「僕？　いまのところ患者からは大丈夫そうです」

「患者からは？」

渋谷は苦笑する。

「残念ながら、妻とはそういうわけにもいきませんでした。夫婦関係にカウンセリングの技術は通用しませんでしたよ」

　同意を求めるような目で愛梨を見てきたのでドキリとしたが、自分のことを知るはずはない、と気を取り直した。

　渋谷は、明日もよろしくと言って帰っていった。時計を見ると夜の九時。いままで感じたことのない種類の疲労がどっと押し寄せてきた。

　捜査会議室に戻ってみたが野田や有賀の姿はなかった。代わりに吉澤がポツンとひとりで弁当を食べていた。

「あいちゃん、おかえり。とっておいたよ」

　傍らに置いた弁当を、すっと差し出してくる。

　愛梨は食欲が湧かなかったので、差し入れられた段ボールの中からペットボトルのお茶を一本だけ抜き取ると、吉澤の向かいに座った。

　ため息をついた愛梨に、吉澤は笑みを浮かべる。

「話は聞いたよ。例の先生はどんな感じ？」

「なんと言いますか、捜査協力するためってことですけど、どうも信用できなくて」

「でも警察庁お墨付きの先生だよ？」

「そうなんですけどね……」

　愛梨は刑事の割にあまり疑り深い性格ではないのだが、あの作りものの笑みがどうにも信用できなかった。

吉澤は、シャケの切り身から皮を綺麗に剝がして弁当の隅に寄せた。

「個人的にはね、笹野が犯人だというのは間違いないと思っているよ。数々の証拠がそれを裏付けているからね。でもね、どうにも気になるんですよ。現場の荒らし方からみても、なにか裏がある気がするんです。この際、外部の意見を受け入れてみても状況が悪くなることはないと思うな」

「しかし、素性がよくわからないんです」

「それについては上層部も調べているでしょう。これまでも警察の捜査や研修に参加していたようなひとですからね、身元は確かなんじゃないですか？」

「そうなんですけど、どうも落ち着かないんです。どこかつかみどころがなくて、真剣に話ができないって言えばいいんでしょうか。ニヤニヤして煙《けむ》に巻かれるような雰囲気というか」

吉澤は、あくまでもシャケの小骨を取るついでなんだ、というように言った。

「なんだか、直人のことを言っているみたいに聞こえるね。離婚する前に、そんな話をしてくれた気がするよ」

そんなバカなと笑い飛ばそうとして口ごもる。自分では気づいていなかったが、確かに……。

吉澤は肩をすくめた。

「で、明日は？」

「現場を見たいそうです」

吉澤は、へぇ、とひとこと言っただけで、残った白米をひとくちに放り込んだ。

6

愛梨は中目黒交番でクリニックの鍵《かぎ》を受領すると、中目黒駅とGTビルの間にある喫煙所で渋谷と待ち合わせた。

「青山さん、タバコ吸うんですね」

「いまは電子タバコですけどね。いろいろストレスもあって」

「タバコでストレスを解消するタイプですか。でも一時的にストレスが解消されたところで、ストレスの元を絶っていないのであれば同じことの繰り返しですよ。それにいくら電子タバコでも、そこにいたら副流煙で健康に悪いのでは？　身体が壊れていくスピードがゆっくりだと、そのことになかなか気付けないんですよね」

ちなみに、非喫煙者の渋谷は喫煙所から五メートルほど離れたところから大声で話している。そのため愛梨は喫煙者たちの鬱々《うつうつ》とした感情を一身に買っていた。

もちろんというべきか、渋谷にそんなことを気にするような様子は見られなかったが、その代わりに愛梨の方がいたたまれない気持ちになる。

電子タバコのカートリッジはまだ余力があったが、愛梨はこれ以上渋谷が変なことを言わないように現場へ向かうことにした。

武田と笹野。いったいどんな関係があるのか。医師・患者の関係だったとしても、殺害にいたる原因とはなんだったのか。目下の謎《なぞ》はそこに尽きる。

現場に入った渋谷は、荒らされた部屋を神妙な顔つきで見ていた。

「なにか気づいたことはありますか？」

「いや……どうなんでしょう。僕は捜査の専門家ではありませんのでなんとも言えません。ちなみに、これは何かを探していたんでしょうか」

やはり本棚が気になったようだ。

「先日、ここに出入りしていた人に室内を確認してもらったんですけど、荒らされてはいるものの、なくなったものはなさそうだということでした」

「ま、それはそうか」

わかりきったことだというように言った。

「どういうことですか」

「だって、普段、目につくものじゃないからこそ荒らしてまで探したんですよね。だったらなくなってもわからない」

あ、そうか。確かに。

「笹野さんは、このことについてなんと言っているんですか？」

被疑者をさん付けで呼ばれるのも違和感があった。立場の違いもあるのだろうが、愛梨は細かいところが気になってしまう。

「〝笹野〟は金目のものを探していたと供述しています。でも、どう思います?」

「どう、とは?」

「武田を殺害した後に荒らしたとすると、救急隊が到着するまでわずかな時間しかありません。それに、動機はカウンセリングがうまくいかなかっただけで、金に困っていたわけじゃないんですよ? 実際、武田の財布には手をつけていない。それなのに一体なにを?」

「それは僕に聞くことじゃないですよね」苦笑しながら言った。「ぜひご本人に聞いてください」

「何度聞いても、金目のものを探していた、と繰り返すだけなのです。なので心理の専門家でいらっしゃる渋谷先生がどう思われるのか、とても気になります」

「なるほどぉ、そうですねぇ」

としばらく唸《うな》った。

「青山さんはどうお考えなのですか?」

質問しているのはこっちなんだが。

「だから、わかりませんよ。突発的な犯行で正常な思考が働いていなかったと言えるかもしれませんが、そこはどうなんですか。笹野の心理状態とかわかりませんか」

渋谷は首を横に振ったが、目を細めながら回りを見渡す渋谷の横顔を見ていると、なにかを知っているのではないかという気もしてくる。

こっちからは情報を取っておいて、そっちからは与えないつもりか？

唐突に渋谷が言った。

「この際、心理状態は、関係ないかなぁ」

「なんですか、それ？」

「青山さんは、救急隊が来るまでの少ない時間のなかで室内を荒らしたのが腑《ふ》に落ちないんですよね？」

「そうですけど？」

「例えば、１１９番したのは、荒らした後かもしれない」

それも考えた。

「そしたら救急隊を呼ぶ意味がありません。手遅れになるかも知れないじゃないですか。実際にそうでしたけど」

「つまり、笹野さんは武田医師の命よりも優先したいことがあったということですよね」

「でも、それも辻褄《つじつま》が合いません。武田さんの命が二の次なら、どうして１１９番したんですか。助けなくてもいいのなら呼ばなければいいじゃないですか。回復したら証言されますよ」

「ああ、そうか……」

残念そうな顔だったが、どこか嬉《うれ》しそうにも見えた。

どうにかして渋谷の頭の中を覗《のぞ》いてみたいが、それは難しいだろう。なにしろ職質のテクニックを警察にレクチャーするような人物なのだから。

「青山さん、ありがとうございました。大変参考になりました。このあとはどうされるのですか?」

「商店街にいきます。笹野が数年前からこのあたりに来ていたという証言を得ていますので、他にも目撃情報がないかどうか聞き込むつもりです」

「僕もついていってもいいですか?」

渋谷が爛々《らんらん》とした目を向けてくる。

「いいですけど、なにもないかもしれませんよ」

「なにもない、というのも重要な情報ですから。刑事は足で稼ぐんですよね!」

どことなく楽しげな渋谷に、また腹がたってくる。刑事ごっこをしたいのなら、足が棒になるまでとことん付き合わせてやる。そして、そのほとんどが、なんの情報も得られないで終わるという徒労感を思い知らせてやろう。

そう思いながら、愛梨はいつにも増して商店街とその周辺を二時間ほど駆け回ったが、果たして、新たな情報が出てくることはなかった。

さぁどうだ、と渋谷を窺《うかが》うが、ケロッとしていた。夏の空を見上げながら、涼しい顔で何かを考えている。

「どうしました?」

「いやぁ、笹野さんがこのあたりで目撃されていたということですが、武田のところに通院に来ていただけってことではないんでしょうかね。来院の予定表には？」

「笹野の名前はありませんでした」

「偽名とか？」

「すべての患者と確認が取れています。カルテや受診記録も当たりましたが、そちらにもありません」

「不思議ですね。じゃあ、どうしてわざわざここに」

「だから、それを調べているんですって」

そうだった、と渋谷は額を打つ。

この男と話しているとどうどう巡りというか、ペースを乱される。吉澤の言うとおり、元旦那《だんな》と同類だ。

「んー。笹野さんは中目黒には縁もゆかりもないんですよねぇ」

「ですね」

「独身ですか？」

私？　と思ったが、もちろん笹野のことを聞いている。

「はい、七年ほど前に離婚していますね」

「どうして？」

「しりませんよ、そんなの」

「なんか、バツイチの人が集まっちゃいましたね」

一旦《いったん》は頷《うなず》いたものの、待てよと思いなおす。私もカウントされているのか？ 問いただそうとしたとき、正面から自転車に乗った警官がやってきて、小さく手を挙げた。中目黒交番に詰めている、押しの強い警官で、今朝もクリニックの鍵の受け渡しで会っていた。

「青山さん！ どうもどうも、暑いですね」

「あら、お疲れ様です。警らですか？」ここで彼の名前を覚えていないことに気づくが、気取られないように笑顔で対応する。「これから鍵を返しに行こうかと思っていたところなんですよ」

「そうですか。この場で受け取りたいところですが、私は署に戻るところなので」

となりで頭を下げる渋谷を見やった。

「あ、こちらは精神科医の渋谷先生。捜査のご協力をお願いしています」

「……そうなんですか。では、私はこれで」

どこか、訝《いぶか》しむような視線だったのが気になった。

中目黒駅に戻ると、渋谷は用事があると言ってタクシーを拾い、行き先など自分のことはなにひとつ言わずにどこかへ消えた。

まったく身勝手な男だ。どうせ奥さんにも愛想を尽かされたのだろう。眼《め》に浮かぶわ。

身勝手で愛想を尽かしたといえば、元旦那もだ。タイプは違うが、女を幻滅させる才能に溢《あふ》れているのは共通していた。

夕方五時。空はまだ明るく、捜査会議まで時間はあったが早めに会議室に入った。すでに多くの捜査員たちがいた。猛暑日にエアコンの能力が追いつかないのか、かなり蒸し暑く汗の匂《にお》いが充満していた。

最後部で麦茶を取り、一息入れようとしたときだった。

「青山っ！　お前宛《あ》てだぞ」

腰を下ろす間も無く名を呼ばれ、振り返ると最前列にいた事務官が受話器を掲げている。会釈をして受話器を受け取った。

「代わりました、青山です」

『お疲れさまです。私、地域課の三田《みた》です、中目黒交番の』

「あぁ、先ほどはどうも。どうかされたんですか？」

そうだ。三田っていう名前だったんだ。まったく記憶になかったわ。

『はい、あの、さっき一緒にいらした渋谷さん、でしたか。ロン毛にヒゲの方。あの時は言えなかったんですが』

不穏な展開に愛梨は声を潜める。

「なにかありましたか？」

『ええ、どこかで見たような、と気になってたんです』

「見たって、講習会とかですか？」

『いえ、中目黒で』

「いつですか?」

『昨日の夕方です。私は立哨《りっしょう》で交番の前に立っていたのですが、駅のタクシー乗り場のあたりにいるのを見ていまして』

　ということは、ここに現れる直前だ。

「タクシー乗り場って二箇所ありますよね」

『池尻方面です。GTビルの前です』

　つまり、交番から見ると山手通りを挟んだ反対側になる。

「そこまで覚えているって、気になることとでも?」

『はい、あの人はタクシー乗り場にいたのにタクシーに乗るわけでもなく、列から少し離れたところで、ずーっと立っていたんです。だから気になっちゃって』

「立って……なにを?」

『わかりません。なにをするでもなく、こっちの方を見てて』

「なるほど」

　と相槌《あいづち》を打ってみたものの、渋谷の行動を理解できたわけではない。

『捜査の一環だったのかもしれませんが、それにしても、ちょっと不自然だったので。すいません、こんなことをお話ししてしまって』

「いえいえ。ありがとうございます」

『もし捜査本部でお役にたてるなら――』

愛梨は礼を言って電話を切ると、息を吐いた。

渋谷め。なにを企《たくら》んでいるのか。これは聞いてみるしかあるまい。

愛梨は携帯電話を取り出すと、渋谷を呼び出してみた。そろそろ留守番電話に切り替わるかな、という寸前で繋《つな》がった。

「渋谷先生、ちょっとよろしいですか」

渋谷が、やや困惑の声で答える。

『あれ。なんか、怒ってます？』

「どうしてそう思うんです？　ひょっとして心当たりでも？」

『いえ。ただ、鼻息がふだんよりも荒いので』

これ以上、荒くなるかどうかはあなた次第よ。

「先生がひとりで中目黒駅周辺をうろついているところを見たという人がいるんですけど。捜査協力していただく前の話です」

渋谷の乾いた笑い声が耳に障るが、質問に答えない。ならばと、さらに突っ込む。

「駅のタクシー乗り場で長時間なにしていたんですか？　タクシーに乗りたかった訳ではないというのは目撃証言から明らかです」

えーっと、と言いながら長い息を吐く。それらしく繕《つくろ》おうとしていたようだが、諦《あきら》めたようだ。

『ばれていましたか』

愛梨は無言で渋谷の反応を待った。すると、今度は短い息を吐き出した。

『青山さんは、口は――堅いですか?』

なにを言い出すのだと思いながらも、愛梨は電話なのに頷いた。

「もちろん」

『では、明日の朝九時。中目黒駅の喫煙コーナーで』

それだけ言って、電話は切れた。


待ち合わせの時間ぴったりに着くと、渋谷が喫煙所から離れた場所で手を振っているのが見えた。

「いいんですか、吸わなくて」

「ええ。べつに吸わないと生きていけないわけじゃないので」

「じゃあ、吸わなきゃいいのに。百害あって一利無しって言いますよ?」

「身体的なことではそうかもしれませんが、精神的にも落ち着きたいじゃないですか」

「そのために僕のような人間がいるんですよ」

面倒臭いので無視することにした。

「で、あなたの挙動不審について説明していただけるということでしたけど?」

「なんだか人聞きが悪いなぁ。まぁ、あちらへ」

渋谷に続いて歩く。タクシー乗り場を回り込み、山手通りの歩道へ。

中途半端な場所で立ち止まった。この場所からだと、駒沢通りをアンダーパスしてきた本線に加え二車線分の幅を持った側道があるため、合計八車線分の距離を跨《また》いだ反対側に中目黒交番が見えた。

「僕が警察から精神鑑定を依頼されていたことは？」

「知ってます。功績も残されているとか」

渋谷は、笑いともため息ともとれる小さな息を吐いた。それから真顔になる。

「僕が担当したある事件の被害者遺族がいるんですよ。そこに」

被害者遺族？

愛梨は渋谷の視線を辿《たど》った。中目黒交番？

渋谷は横に一歩ずれると、いままで立っていたところに『どうぞ』と手をかざした。すると、街路樹で隠れていた『街角の花屋さん』が見えた。

開店の準備で、あさみが忙しそうに出入りしながら店の中から軒先に花を引っぱり出している。

「彼女です」

「えっ、あさみさんが?!」

渋谷が顔を向ける。

「どうして彼女の名前を？」

「聞き込みで話をしたことがあるんです。笹野が事件前からこの辺りに出没していたと証言してくれたのは彼女ですし、武田クリニックに花を配達していて、被害者とも面識があるんです」

そうでしたか、と頷くと、ゆっくりとした口調で話し始めた。

「いまから五年ほど前のことです。多摩川で、ある男性が自閉症患者に殺害されるという事件が起こりました。私はその被疑者の精神鑑定を担当したのですが、その時の被害者の娘さんが彼女なのです」

渋谷は、きゅっと眉間《みけん》に皺《しわ》を寄せたが、それがどういう意味なのかはわからなかった。

「彼女はずいぶんとショックを受けていました。父親が殺されたのですから当然です。それで、その後どうしているか、ずっと気になっていたんですよ」

「それでここに?」

頷く渋谷に納得しかけたが、すぐに違和感が湧《わ》いた。

「担当した事件の被害者の娘さんが気になるというのはわかりますが、それだけですか?」

「それだけ、というと?」

「まだなにか隠してません?」

渋谷の目がしゅっと小さくなる。

「どうして、そう思うのですか?」

自分がなにかミスをしてしまったのかと、理由を自問しているかのようだった。

「渋谷さんは私の口が堅いかを聞きましたよね」

「ええ」

「もちろん、あさみさんが被害者遺族ということは、軽はずみに口にできることではありませんせん。ですが、あの時の印象は……そう、例えるなら口を堅くしていなければならないのは、あなたの秘密に対してのような気がしたんです」

「ほぅ……」

予想外の生徒から正論を言われた教師のような顔をした。

「あなたは彼女を遠くから見守っていただけではないのでは？」

渋谷は愛梨の目を覗き込んだ。愛梨も逃げない。そのまま三十秒経《た》った。

緊張の糸がプツンと切れ、渋谷が相好《そうごう》を崩した。

「あなたなら、大丈夫そうだ」

「口の堅さのことですか？」

「ええ。なにしろ、究極の個人情報です。誰にも知られたくない。いや、本人も知らないかもしれない」

愛梨の頭の中で、いくつかの事柄が唐突にまとまった。

「ひょっとして……あさみさんを治療した先生って渋谷さんなんですか？」

愛梨は、どう反応していいのかわからないような顔の渋谷の腕を摑《つか》むと、ＧＴビルの横に小さな地蔵と祠《ほこら》があるのを見つけて引きずり込んだ。

「解離性同一性障害のことですか」

　渋谷がはっとした。

「どうしてそれを？」

「性格がまったく異なるあさみさんに出会ったことがあります。それで心配になって後日話をしてみたら、そのことを教えてくれました」

「そうですか……。あなたは彼女に信頼されているようですね」

「アメリカに行っちゃったけどいい先生だった、って言ってましたよ」

　渋谷の頬《ほお》が緩んだ。

「でも、どうしてあさみさんの治療を？　被害者遺族からみたら、渋谷さんは犯人を無罪にするかも知れない医師ということになりますよね？　感情的に受け入れられなくないですか？」

　もっともだ、という顔をした。

「僕が精神鑑定を依頼された際、調査のために所轄署である調布署を訪れたことがありました。その時、被害者のケアを担当されていた警察職員の方から相談をうけたのです。あさみさんの母親が、娘の様子がおかしいと言っているから看《み》て欲しい、と」

　渋谷の視線は過去の記憶にアクセスするように彷徨《さまよ》っていた。

「それで、いま署内にいるということだったので簡単なカウンセリングをすることになりました。解離性同一性障害だというのはすぐにわかりました。母親に説明し、受診を勧めましたが、状況を理解している僕に担当してほしいと頼まれたんです」

愛梨は眉根《まゆね》を寄せた。

「その時はまだ、判決は出ていなかった?」

だとすると渋谷の立場は、かなりややこしいことにならないだろうか。

「はい。そのこともはっきりとお伝えしたのですが、強いご希望をいただいたんです。結果的に、『夫を殺害した人物に責任能力はないと判定した医師に、娘の治療をまかせる』ということになりましたので、正直、複雑な気持ちもありました。しかしそれとこれとは別です。僕は医師ですから。母親もそのあたりは理解されていたようで、僕に対して負の感情はお持ちになりませんでした。警察の仕事をしたり、大学での研究がこの分野で先端をいっていたりということもあって、信頼していただけたのだと思います」

話し続けていたので声を挟む隙《すき》がなかった。

「ともかく、それで一度は完治したんですね？」

「ええ。カウンセリングにより一種の暗示をかけたのですが、結果は良好でしたので、その時はそう思っていました」

「暗示って、洗脳のことですか？」

渋谷は、心外だ、という顔をした。

「それぞれ解釈の範囲が広いので重なる部分もあるかも知れませんが、一般的に洗脳は、洗脳する側の意思を植えつけることを言います。それに対して暗示はあくまでもあさみさんが主体です。彼女がどうしたいのかを聞き、それを行うのに障害となるものを排除してあげるのが目的です」

「それがカウンセリング？」

カウンセリングという言葉はこれまでも聞いてきたが、暗示をかけるようなイメージは持っていなかった。

「よく『カウンセリング』を『アドバイス』と誤解されることがありますが、カウンセリングでは、カウンセラーが行動を指示することはありません。本人が自分の意思で行動できるよう手助けをするのです。たとえば、ある漁師がお腹《なか》を空《す》かせた子供を見かけたとします。そこで魚を分けてあげれば空腹の問題は解決しますが、次の日もまたお腹を空かせているはずです」

「確かに。ずっと助けてあげなくてはいけなくなる」

「その通りです。長い目でみると、魚を渡すよりも魚の釣り方を教えた方がいい。ポイントは子供にそれを押し付けるのではなく、自分の意思で学びたいと気づいてもらえるように手助けするということです。問題の解決策を自分で見つけだしてもらう。カウンセリングはそのための技術なのです。青山さんに無理やり禁煙しろと言っても聞かないでしょう。でも大好きな人がタバコを吸わなかったら、止《や》めようと努力するんじゃありませんか？」

自分のことをネタに使われるとムカつくが、まぁ、そうだろうな。

「行動した方がいいとわかっているのに出来ないような場合に使う技術が暗示です。暗示はある種の『思い込み』をしてもらうことです。禁煙もそうだし、顔を水につけられない子供が泳げるようになったりね」

「それをあさみさんに？」

「ええ。人格障害が起こる原因のひとつは〝不安〟ですが、その不安の原因はもう理屈ではありません。そう感じるからそうなんです。だから、それを取り除いてあげる」

「それが暗示？」

「その通りです」

　そこで、渋谷の口角が無念そうに下がった。

「ずっと寄り添いたかったのですが、僕は渡米することになり、経過を見守り続けることができなくなってしまいました。ただ、もうひとりの彼女の出現頻度は激減し、あさみさんは高校も無事卒業しました。日常生活を正常に送れるようになっていたので安心していたのですが……。でも、どうして……もし、気になる兆候があったのなら教えてもらえませんか」

「そんなのわかりませんよ。それより渋谷さんが直接会って話せばいいじゃないですか。こんなところから見ていないで」

　渋谷は首を横に振った。

「僕と会えば当時のことを思い出すでしょう。再発前ならともかく、いま不用意に会えば症状をさらに悪くしてしまうかもしれない。だからもうすこし様子を見たほうがいいかなと思ったのです」

もういちど花屋が見える場所に戻った。顔見知りだろうか、あさみは自転車の前かごにスーパーの袋を詰め込んだ中年女性と話をしている。これだけ離れていても、弾《はじ》けるような笑顔ははっきりと見えた。

「わかりました。ちなみになんですが、その症状というのは記憶に影響がでたりしますか?」

「どういう意味です?」

「実は、自首してきた笹野ですが、花屋に数回来たことがあって、話をしたこともあるそうなんです」

「えっ!」

「え?」

「あ、いや、それが記憶と?」

「店に来る以外にも、このあたりで見かけることもあったようなので、ひょっとしたら、記憶にないだけで、もうひとりの彼女は話したことがあるんじゃないかな、って」

腕を組んだ渋谷が、愛梨の意図を理解して何回か頷いた。

「基本的に、自分が経験したことについては、記憶力が弱いとか、そんなことはありません。普通の人と同じです。しかし、別の人格が体験したことは記憶を共有していないことがほとんどです」

「じゃあ、もし他の人格になっているときに笹野を見ていても、『いまの』あさみさんからは証言を得られないということですよね」

「そうなりますね。全く別のひとですから」

「つまり、その人格が現れるのを待ってから話を聞く必要があるということですか」

「はい。もうひとりの人格は、簡単に言ってしまえば他人です。それぞれに聞かないとわからないこともあると思います」

　商店街で会ったあさみを思い出した。性格は正反対で、なにかに怯《おび》えているようだったが……。

「どうすれば話せます？」

「人格が交代するのを待つしかありません。しかし、それがいつなのかは僕にもわかりません」

　そうかぁ、とため息をついた愛梨に渋谷が言った。

「あとは、催眠誘導という技術もありますが」

「催眠術ですか？」

「違いますよ。テレビなんかで面白おかしくショー的に見せるものがあるので、『あなたは鳥になるー』とか、意のままに人を操るイメージがあるかもしれませんが、あれとは違います。催眠法はれっきとした技術であり、医療に応用できるものなんです。日本ではまだ消極的ですが、アメリカでは医療手段のひとつのオプションとして確立しているんです。

僕がアメリカに渡っているのも、先端の技術を学ぶためで――」

どうやら、熱くなると話が止まらなくなるタチらしい。

専門用語のシャワーに半ば〝催眠〟状態で聞いていた愛梨を見て置いてけぼりにしていたことに気づいたのか、渋谷は咳払《せきばら》いをした。

「えっと、例えると『こころ』というのは――」

渋谷は両手を合わせて玉のような形をつくった。

「ちょうど卵のようなものです。深層心理である黄身の部分は、白身や硬い殻に覆われています。それは、社会の常識であったり、理性と呼ばれるものであったりします。その状態では、なかなか本心を語ってくれないこともあります。催眠誘導は、〝殻〟や〝白身〟に邪魔されずに、直接深層心理に語りかけることなのです」

「あさみさんに行った治療というのが、それなんですか？」

「ええ。五年前、僕はトラウマを抱えた彼女の心と直接話をしました。そして不安を取り除き、精神的に安定させることで人格交代が起きないようにしたのです」

話しすぎたと思ったのか、渋谷ははにかむような笑みを浮かべた。

「さきほどの話に戻りますが、この催眠誘導を使えば、もうひとりの人格を呼び出して話をすることができるかもしれません」

「つまり、もしなにかを見ていたら、新たな証言を得ることができる？」

「はい。ですが、催眠誘導は信頼関係が必要です。簡単にできるものではないんですよ」

「先生であっても?」

「ええ。僕は彼女にとって触れたくないものを思い出させるきっかけにすらなり得るのです。だから、いまはここから見ているのです」

もう一度花屋に目をやると、半分ほど下ろされていたシャッターはすでに全開にされ、手のひらを額に置いたあさみが、眩《まぶ》しい空を見上げていた。

捜査本部では、笹野の供述のウラ取りに時間が割かれていた。犯行時の様子、逃走経路などを詳細に調べていたが、これまでのところ供述に不整合はなく、その信憑性《しんぴょうせい》は高いとの判断がされていた。

それでもまだ、どこか得体が知れぬ不安を愛梨は抱いていた。笹野は犯人で間違いないのに、このまま進めてしまうことに危機感を持っていたのだ。

真相を理解してこそ、本当の意味での解決になる。

「青山。なにか報告することはあるか」

不意に当てられ、慌てて起立する。

「はい。えっと……特にありません」

渋谷とあさみの関係や、あさみの別人格が笹野についてなにか知っている可能性については話さなかった。まだその確証はないし、事件とは関係のないところで興味本位でひとりの女性の人生を掻《か》き回されたくなかったからだ。

特に期待されてもいなかったのか、議題はあっさりと次に移っていく。吉澤だけは感じるものがあったのか、なにかを言いたそうにしていたが、愛梨は曖昧《あいまい》な笑みを見せるにとどめた。

帳場（捜査本部）が立つと帰宅できない日が続くものだが、今は被疑者が自首していることもあり、どこか緊張感も薄かった。署に泊まり込む者は少なくなっていて、解散後は飲み屋へと消えていく連中も多い。

愛梨は抱えていた書類を処理するために、警視庁本部に戻った。用事を済ませて外に出て来る頃には夜の八時を回っていた。

あいかわらずの熱帯夜だった。桜田門《さくらだもん》駅の入り口まできたものの、なんとなく気分が乗らず、愛梨は日比谷方面に足を向けた。

この時間の官庁街に人通りはあまりない。赤レンガの法務省旧本館を通り過ぎ、日比谷公園に入る。

ぼんやりと歩いていると、思考は自然と笹野のことになる。

恐らく、笹野による犯行であることには間違いないだろう。このままいけば笹野の供述をもとに裁判がはじまり、裁かれる。

特にこれが気になる、というものはないのだが、小さな違和感が塵《ちり》のように思考を薄く覆っているような感じだった。

刑事の勘《かん》――は決して超常的な現象ではない。刑事の目を通して見てきた様々なもの。

いまはまだ繋がりがわからないが、脳の奥底では無意識に感じ取っているのだ。その刑事の勘がしきりにささやいている。

笹野のその犯行の裏には、なにかが隠れていると。

愛梨は夜になっても勢いの衰えない蟬《せみ》の鳴き声に囲まれながら空を見上げ、ふぅっと息を吐いた。

焦るな。全《すべ》てを繋ぐピースがどこかにあるのかもしれない。見逃さないためには、先入観を捨ててアンテナを張れ。空腹で疲れていてはたった一度のチャンスを見逃してしまうかも知れない。そのためにも食え！

そんなことを考えながら公園の木々を抜けると、東京ミッドタウン日比谷が眼に飛び込んできた。

ひさしぶりに、このあたりでごはんを食べて帰るか。

おしゃれなバルか、いやイタリアンもいいなと考えながら日比谷の街を歩いて愛梨はハッとした。そして舌打ちをした。

ギャラリー内幸町《うちさいわいちょう》『吉澤直人　展示即売会』

なんたる失態……。あえて場所は聞かなかったのに、よりによって見つけてしまうとは。

渋谷は暗示についての話をしていたが、これは吉澤による一種の暗示だろうかと勘ぐりたくもなった。いや、そうだとしたら暗示というよりも洗脳のほうがしっくりとくるかもしれない。

愛梨は横目で見ながら早足で通り過ぎようとした。

ギャラリーは一辺が三メートルほどあるガラス張りで、正四角柱を横に倒したように奥まで伸びる真っ白に塗られた壁と天井が、灯《あか》りの消えつつある日比谷の街に、ぽっかりと開いた細長い空間をつくっていた。

外から見る限り、だれもいなかった。時間的には閉館していてもおかしくないが、消し忘れたのだろうか。

元旦那に会う心配がないのなら、と愛梨はウインドウに近づいてみた。

白い壁に等間隔でダウンライトが並び、掛けられた絵をぼんやりと浮かび上がらせていた。そして気になった。

一番手前にあるのは『絵』のはずだ。しかし、そうは見えなかった。

ウインドウに頬をくっつけるようにして見てみる。やはり、どう見ても内側まで真っ黒に塗りつぶされただけの額縁だった。

飾られている他の絵も、何かを模写したというものではない。幾何学模様だったり、絵の具を垂らしただけだったりするような絵もある。そもそも絵と呼べるのだろうか。

おおよそ絵画というものにはモチーフがあり、画家はそれをそれぞれの画法で描く。

たとえばフェルメール。写真と見紛《みまが》うほど緻密《ちみつ》に対象を模写《もしゃ》する。それは光や臭《にお》いすら感じられるほどだ。

たとえばピカソ。独自の視点と解釈で描かれた線は、見る者にイマジネーションを抱かせる。

画家によって表現方法は違えど、少なくともそれがなんなのかに想《おも》いを馳《は》せることができる。それが絵画鑑賞の醍醐味《だいごみ》だと思う。

しかし、あの『黒い四角』はなんだ。黒く塗りつぶされた絵には意図も芸術性も感じられず、作者の存在意義さえ疑うほどだ。

しかも、その大きな海苔《のり》のような絵の下にも一人前に題名がかかれたプレートが貼《は》られており、さらに値段までつけられているではないか。

あの男、なにを考えているのだ？　こんなものが売れると思っているのか。

はじめて会ったころは、そういった雰囲気がなんだかかっこよく見えていたこともあった。しかし『ミステリアス』と『理解不能な思考』は紙一重だった。

はじめは理解しようと努力していたが、やがてそれも諦めた。とにかく疲れる。すると画家を夢見る素敵な男性は、とたんに経済力の無い面倒くさい男に変わった。会話はなにひとつ嚙《か》み合わず、家で同じ時間を過ごすのが苦痛に感じられた。

それに引き換え、警察の仕事はやりがいがあった。生きている、と実感することもできた。

おそらく、お互いの生きるスピードが違ったのだろう。すれ違いの末、歩み寄ることすら放棄して、短い結婚生活は終わった。

ガラスウインドウに薄《うっす》らと映る呆《ほう》けた自分の顔に気付いて、引き締めなおした。

ああ、なんか食欲もなくなった。帰ろ。

そう思った時だった。奥の扉が開き、出てきた女と目が合った。

痩身《そうしん》で黒いシックなドレスを着こなしている。複雑な計算に基づいて巻かれた髪が揺れ、イヤリングは光を乱反射していた。

足首細いなぁ……。

見とれている間に、自動ドアがあいた。

「こんばんは。ご興味があったらどうぞ、ぜひ近くで見てください」

漂う香水も上品だし、年齢だって愛梨よりもずいぶん年上のはずなのに、肌はむしろきれいだ。美容液のレベルが愛梨のものとは数段違うのだろう。

「あ、いえ、すいません。通りかかっただけで、私、そういうんじゃ」

「そういうの、って――どういうの?」

女はやわらかく曲げた指先を口元に置き、クスクスと上品に笑った。

「いいんですよ、絵はだれかに見ていただいて初めて完成するものですから」

こういうところは、一度足を踏み入れるとなにかを買うまで出てこられない気がしてしまうが大丈夫だろうか。

女は、売りつけないから安心して、というような笑みを浮かべた。愛梨は、とたんに自分が幼稚な人間に思えてしまった。そして魔法でもかけられたかのようにふらふらとついていく。

「こちらの絵に目を留めていらしたでしょ？」

　黒くべた塗りされた額縁を見ながらうなずく。

「これなんだろ、って思いまして。絵なのかな、って。しかも――」

　タイトルを見ると、『陽《ひ》のあたる場所』となっていた。

「タイトルが、ぜんぜん作品を表してないというか……」

　さらに目を見張った。価格が五十万円？　ばかじゃないの、あいつ。時給九五〇円のコンビニのバイトで食いつなぐのが精一杯だったのに。しかも、売れ残りの弁当をもらって嬉しそうにしてたあいつが、五十万だと？　こんな意味のない絵、というかただのキャンバスに？　ひょっとしたら額縁の値段か？

　愛梨の心を読んだかのように女が言った。

「もちろん意味があるんですよ。私がこのアーティストの作品を扱うようになったのも、これがきっかけなんです。意味がわかったとき、救われた、というか」

　え？　救われたって、なんで？

　芸術家というのは常人には理解不能なことを考えるが、それを平気で理解できると言う人間もまた、常人ではない気がする。

　愛梨自身に理解しようとする気持ちが皆無だからなのだが、このアーティストと価値観が合わずに離婚したと言っても、誰が責められるだろう。

「ところで、この画家さんというのは……」

るんです」

「今日は不在にしておりますが、明日以降はこちらにおります。裏がアトリエになってい
アトリエまで用意してもらっているとは。いったい、ふたりはどんな関係なのだろう。

ただ、あいつの場合は年上の女性の方があっているのかもしれない。

ぼんやりと、そんなことを考えていると、その美魔女が愛梨を覗き込んだ。

「どうかされました？」

「あ、いえ……。それで、答えのほうは？」

絵を目で示すと、女は愉快そうに笑い、イヤリングがまた光を乱反射させた。

「宿題にしましょ。わかったら、また遊びにきてください」

そういって名刺を差し出した。ギャラリーオーナーの仙波《せんば》麻梨《まり》とあった。

あ、梨《なし》の文字を使ってる。どんな意味が込められているのだろう。

夢見心地が混ざった奇妙な疲労感を抱えたままギャラリーを出て、駅に向かう。

ウインドウに映る自分の姿におおよそ色気というものが感じられず、ため息をついた。

7

接近していた台風の進路が大きく逸《そ》れ、関東への上陸はなくなった、とラジオの天気予報で言っていた。それから、今日はこの夏いちばんの猛暑になるとも。

愛梨は吉澤が運転する車の助手席に座っていた。手を伸ばしてカーエアコンの設定温度を一℃ほど下げる。

「渋谷さんは、いいのかい？」

一緒に連れてこなくてもいいのか、という意味だ。

「求められたら情報を提供しろとは言われていますけど、常に行動を共にしろという命令は受けていませんし。なにしろ……」

手元の資料に目を落とした。七人ほどの氏名がリストアップされている。

吉澤が行っているのは、武田と親交のあった人物への聞き込みだった。笹野との接点を探るのが目的だったが、そのリストの中に、渋谷と同じ大学病院の医師がいることを知り、愛梨は同行させてもらうことにしたのだった。

つまり、愛梨の目的は渋谷自身のことを調べるためだ。

「なにしろ?」

「どうにもうさんくさいんですよね、あの精神科医」

「そうか、渋谷先生が犯人か!」

吉澤がおどけて言ったが、愛梨が冷たい視線を送るとバツが悪そうに苦笑した。

「そうではなく、彼もなにか隠しているような気がしてならないんです」

「誰しも隠し事のひとつやふたつあるものじゃないですか? 事件に関《かか》わる秘密かどうかもわからないですよ」

「でも、単なる医師が捜査に加わっていることもおかしくないですか。上の連中とどんな関係なのかはわかりませんが、こんなことあります?」

「まぁ、一応、犯人が自首したあとだから、捜査というよりは裏付けのための協力ってことでしょ? それに、渋谷先生は単なる医師じゃないよ、警察庁のお墨付き。それに悪人には見えないけどなぁ」

「悪人じゃないかもしれないけど……存在が怪しすぎるんです」

「そんな無茶な」

愛梨が食い下がると、呆《あき》れたように吉澤が笑った。それから信号機ふたつ分、無言の状態が続いた。そして不意に言った。

「あいちゃんが、そこまで渋谷先生にこだわるのは、なんていうか、男性として興味があるとか——」

「ありません」
愛梨はかぶせ気味に、ぴしゃりと言った。

都内の病院、個人クリニックを回ったあと、リストの最後のひとりに会いに行くために神奈川県内の大学病院に向かった。東名高速を横浜町田インターで下り、国道16号線を相模原《さがみはら》方面へ。交通量は多いが流れは良かった。

相武医科大学は公園と間違えてしまうかのような緑豊かな敷地のなかにあった。高度救急救命センターも備える、全国でも有数の総合病院だった。

受付をして手渡された案内図によると、臨床心理学科は病院とは反対側の建物で、かなりの距離を歩かされることになった。

ようやく辿りついた部屋をノックすると、熊《くま》のような巨体に仏のような顔を載せた男が現れた。思わず、ディズニーアニメのベイマックスを連想した。

ボールペンを胸ポケットに詰め込まれた白衣は左肩がだらりと下がり、前ボタンは突き出した腹を留めることをあきらめたかのように離れ離れになっている。

河村《かわむら》と名乗った医師は、重そうな黒縁めがねを額に乗せたまま視線を天井に向け、薄い記憶を辿るように言った。

「武田ですか。そうですね、まぁ真面目《まじめ》な男という印象はありましたが、そのほかには……」

医師会や学会などで武田と顔を合わせることが多かったというこの人物にしても、特筆するような印象は残っていないようだった。

専門や研究テーマが同じであれば医師としての興味は湧くが、人として興味をひくわけではないようだ。

この医師だけでなく、話を聞いた他の医師にしても同じだった。総じて武田は医師としては優秀だが、人間としては地味で人付き合いが悪いイメージだった。

「それでは、こちらの人物にお心当たりはありませんか?」

吉澤が笹野の写真を見せた。

「いやぁ、ないですね。大学関係者ですか?」

「いえ、そういうわけではありませんが、武田さんと関係がある人のようです」

「んー、私は武田とは頻繁に連絡を取り合うような間柄ではなかったですし、彼の交友関係もわからないなぁ」

愛梨は、なるほど、という相槌をうってから手帳を閉じる。調査は終わりだ、というアピールをしておいてから、切り出した。愛梨的には、ここからが本題だ。

「そういえば、渋谷医師ともお知り合いとか」

いきなり渋谷の話をすると警戒されるかもしれないので、あくまでも雑談、という体で話を進めた。

「ああ、渋谷ですか。学生時代は同じゼミをとっていたことがありますよ。ここ最近はアメリカに行きっぱなしです。彼がどうかしましたか？」

渋谷が警察の捜査に協力している話をすると、得心したように頷いた。

「あ、戻ってきているんですか。こっちに顔を出さないとは薄情な奴ですね。しかし、どこにでも首を突っ込む奴だな。お役にたてていますか？」

「ええ、もちろん」

これは社交辞令だ。

「ところで渋谷先生は、面白い方ですね」

「というか変人でしょ。医学界でも異端児扱いですよ」

悪戯《いたずら》な微笑《ほほえ》みを向けてきたので、愛梨もそれを受けて笑う。

「でもなんて言うんだろ。不思議と人を惹《ひ》きつける奴でね、好き勝手やってるのに、どういうわけか憎まれない。まぁ、僕を除いてね」

河村医師は愉快そうに笑いながら、話をはじめた。

それによると渋谷は、医師としてはかなり優秀で、この世界では知らぬ者がいないくらいだという。アメリカの大学に呼ばれたのも、彼の先進的な論文がきっかけだったようだ。テーマは『解離性同一性障害における、複数の人格の統廃合について』。

そのとき、河村の頭の中で記憶のレコードをなぞっていた針が引っかかったかのように、表情がふっと沈んだ。

「どうかされました？」

「いや、基本的におちゃらけた奴なんですが、いろいろと思い出してて……ま、これは」

「ぜひ、お願いします」

食い下がるような愛梨の態度に、医師はたじろいだ。ただの雑談ではなかったのか、と異議を唱えているようだった。

「まぁ、酔った上での話ですけど」

頭の中を整理するように、視線を窓の外に置いた。

「あれはいつだったかな。友人と飲みに行こうってことになったんですが、入った居酒屋に渋谷がいたんですよ。かなり酔っぱらって、荒れていたんです」

「え、渋谷さんが？　地震が起きても柔和な顔のままで、落ち着いていそうな感じですが」

確かにそうですね、と笑う。

「フラれたとか、ですか？」

「ははは、いえいえ」

愉快そうな顔から、また真顔になった。

「刑事さんにこんなこと言ったら驚かれるかもしれませんが、彼は酔っぱらってこう言ったんです。『殺してしまった』と」

愛梨は吉澤と顔を見合わせる。

「それは、どういう意味なんですか？」

「わかりません。私も気になって、次に渋谷に会った時に聞いてみたんですが、もうケロッとした顔で、なにそれ？　と」

「それは、いつのことですか？」

前のめりになりすぎて警戒されないよう、あくまでも、ちなみに、という姿勢は崩さない。

「たしか、五年くらい前だったかなぁ……」

五年前といえば、あさみの父親が殺され、その被疑者の精神鑑定を渋谷が依頼された時期と重なるが、なにか関係があるのだろうか？

「まぁ、酔った上でのことで言葉の綾《あや》かもしれないんですけど、渋谷が泣いていたのが印象に残ってるんですよね。あいつが酔っぱらうのを見たのは、後にも先にもあの時だけだったので」

泣いていた？　あの渋谷が？

少なからず混乱したまま、愛梨は礼を言ってその場を辞した。

「お義父《とう》さん、どう思います？」

運転を代わった愛梨が車を出しながら聞くと、吉澤が半身をよじって顔を覗き込んできた。

「いま、お義父さんと？」

する。

しまった！　つい油断した。

また面倒くさいことになりそうだったので、これには触れずにさっさと次に進むことにする。

「いえ、言ってません。それよりどう思います？　渋谷医師の件」

吉澤は消化不良っぽい顔をしながら後ろ頭を掻いた。

「んーそうだねえ。ま、泣いてるなんて意外だよね」

「その前の、殺したとかっていうのは気になりませんか」

「それは言葉の綾じゃないかな」

「綾って、どういう意味で？」

「わからないよ。それとも、本当の意味で誰かを殺したって言うのかい？」

「そういうわけではないですけど」

ここで吉澤は指導警官の顔つきになった。

「愛梨さん。われわれの捜査は武田と笹野の関係を調べることですよ。渋谷医師ではないはず」

「そうですが、私に与えられた任務は、あの人を信用できるかどうかによって内容が変わるんです」

やれやれと吉澤は首を振った。

「私もね、経験はあるんですよ。若い頃はさ、結果を出したくて、なんでもかんでも飛びついてしまうっていうか。でも警察は組織だから連携しあわないと。個人が勝手に動いてしまったら、追うべき悪を取り逃がしてしまうかもしれない」

そう言われると反論できない。

「すいません」

吉澤は笑ってから言った。

「ところで、武田と笹野については、相変わらず繋がりが見えてこないね」

「そうですね。お互いに共通する趣味のようなものもないし、生活エリアも重なっていない。笹野は、武田クリニック以外に中目黒に来る理由がなにかあるんでしょうか」

「そうだね。もしクリニックに通院していたのが嘘《うそ》だったとしたら、ふたりはどこで出会ったんだろうね……。共通するものが、あの街にあるのかな」

愛梨は、あっ、と叫んだ。そのはずみで車が蛇行する。

「おっと、どうしたんだい？」

「花だ……」

「花？」

「はい。二人に中目黒で共通するものというと、あの花屋さんがあります」

武田と笹野、どちらもあの花屋の顧客だった。

「しかし同じ花屋の客同士だったとして、どう繋がる？　武田は花を配送させていたから、店頭では会わないのでは？」

「そうですね。でも、武田が店に行かない理由もありません。そこで出会ったのかもしれない」

「それならあの女の子がなにか知っているはずだけど、そんな証言はなかったよね」

頷きながらも、愛梨の心の中ではひとつの可能性が無視できないほどに大きくなっていた。

やっぱり、別の人格はなにかを知っているのではないだろうか。

高速道路のインターが近づくにつれて渋滞がひどくなってきた。吉澤はシートに身体《からだ》を預けた。

「でも、殺害にいたるような関係になるには、もっと深い事情があるはず」

「たしかに、花屋で会ったくらいではそこまでの関係にはならないですもんね……。笹野は動機を隠していますし」

「隠してはいないですよ。口論の末に揉《も》み合いになったと供述してる」

吉澤は諭すような口調になった。

「私もね、笹野の供述には、はじめはどこか腑に落ちないようなところも感じていましたが、それを疑うだけの材料もないでしょ？」

「でも、カウンセリングを受けていたという裏付けもありません。殺したことは確かでも、動機に関しては何かを隠している気がします」

なんの根拠もなかったが、愛梨の中では揺るぎない事実として固まっていくような感覚があった。

夜になっても気温はほぼ横ばいだった。捜査会議室に使われているエアコンは、気温に立ち向かうことを諦めたかのように蒸し暑かった。

会議は、今日もとくに進展がないまま終わろうとしていた。

捜査は動機よりも笹野の行動にフォーカスが当てられている。間違いなく殺したのかどうか。つまり起訴できるのかどうか、その一点だ。

「解決を急ぎすぎてないですかね？」

会議の印象を愛梨は小声で吉澤にささやいた。

「相手が警察官だからね。一刻も早く決着をつけたいんだろう」

「まぁ、そうですねぇ……」

愛梨はこめかみを人差し指で掻いた。それから手帳を開くと、はじめから見直した。字が汚いのに加え、見聞きしたことを咀嚼《そしゃく》せずにそのまま書いているため、要点がなんなのかわからない。ほんの数日前のことなのに、はるか遠い昔のことのように思えた。

あれ？

ページを数枚めくってふと気になった。バッグからこれまでの資料を机の上にぶちまける。なかなか目当ての情報を見つけ出せずにいると、その落ち着きのなさを管理官が見咎《みとが》めた。

「おい、そこっ。なんだ」

愛梨は気づかずに資料をめくり続けていると、横から吉澤が肘《ひじ》でつついた。

「は？　えっ？」

「だからどうした。なにかあるのか」

条件反射的に立ち上がっていた愛梨に、捜査員たちの冷ややかな眼が向けられた。

「あの。えっと。ちょっと気になることがありまして……。でもまだまとまっていないといいますか」

「なんだ、それは」

「えっと、それがですね、まだ自分でも」

「はっきり言え。間違っていてもかまわん」

愛梨はこっそりと唾《つば》を飲み込むと、言葉を慎重に選びながら言った。

「笹野と武田の接点についてですが、中目黒駅前の花屋で会っていた可能性があります」

「なんの話だ？」

「ふたりとも中目黒駅近くにある花屋の顧客だったことがわかりました。ですので……」

「待て待て」

野田が手を振った。

「同じ時間にいるところを店員が見ていたのか？　別々のタイミングで訪れていたことだってあるだろう？」

確かにそうなのだが……。

武田と笹野が会っていた可能性があることを報告すればきっと驚くと思ったが、そうではなかった。むしろ、起訴に向かって一直線のいま、余計なことで掻き回すなと言われているようにも思えた。

「確かに証言は得られていません。しかしカウンセリングを受けていたというウラがとれていない状況ですので、それ以外の接点を見つける必要があるかと思いまして」

野田は、吉澤と有賀を保護責任者に向けるような目で交互に見ると、ため息をついた。

「じゃあ聞くが、笹野が自宅から離れ、乗り継ぎも悪い中目黒に行ったのはなぜだ。その花屋は遠方でも行きたくなるほど有名なのか？」

「いえ、そんなことはないかと」

「カウンセリングを必要としていた笹野が、武田の評判を聞いて中目黒に出向いたのと、どっちがシンプルだ？」

「後者の方、です。しかし……」

「笹野がカウンセリングを受けていたことを疑う理由を示してみろ。カウンセリングを受ける側からしたら、内密にしておきたいと思う心理は、しごく当たり前だと思うが？」

供述を全面的に信用するという方針を意思表示するかのようだった。

それに対して、花屋の一件がどう発展するのかは愛梨自身にもわかっていない。

しかし、これ以上話すことはないという態度の野田に、負けず嫌いの愛梨は食い下がった。

「も、もうひとつあります」

愛梨は手帳を開いた。ついさきほど気になった箇所だ。

「笹野が自首するまでに二日半かかっています」

野田は、煩わしさを隠すことなく愛梨を睨《にら》んだ。

「それがどうした。自首するかどうか迷ったり、いろいろと身辺整理をしたりしていたんじゃないのか」

「それもそうなんですが、なにか特別な理由があってそのために時間を要したのではないでしょうか」

「その理由とはなんだ」

「わかりません。しかしこのように動機や行動については十分な検証がされておらず、なんだかおざなりになっている印象があります。やはり、徹底的に洗う必要があるのではないでしょうか」

野田の目がつり上がった。捜査方針を否定したも同然だからだ。怒鳴られるかと思ったが、声は冷静だった。その分、冷たく棘《とげ》がある。

「お前の言っていることはどれも中途半端で、わからないだらけだな。自分でもそう思わないか？」

疑問形だったが、愛梨の回答を待たずに続けた。

「笹野の決意は固い。一週間、一ヶ月、本当の動機はなんだと問い詰めたとしても同じことを繰り返して言うだけだろう。笹野の犯行であることを覆《くつがえ》す情報がないなら、上層部は時間をかけるつもりはない。以上だ」

愛梨は頭を下げた。それと同時に今日の会議は解散となったが、愛梨は力が抜けたようにストンと腰を下ろした。

吉澤が小声で言った。

「あいちゃん、どうしたんだい。動機にこだわりすぎていない？」

「自分でもわからないんです。なんでこんなにソワソワするのか……。本当は手がかりを持っているのに、なにかを見逃しているような気がして……」

愛梨は人生で一番長いため息をついて深呼吸すると、体内の空気を入れ替えた。

ふと、バッグの中にラムネ菓子があるのが見えた。

頭の回転を早くする、か。

渋谷の言葉を思い出して、三粒ほど口の中に放《ほう》り込んだ。それからさまざまな資料、供述調書をもう一度見直していった。

いま手にしているのは、警察職員らから見た笹野の印象だった。

——真面目で融通がきかないところがあるが、だからといって付き合いが悪い訳でもない。明るい性格で警視庁のイベントやボランティアにも積極的に参加していた。

——離婚後、覇気を感じられなかったが、二年ほど前から付き合っている人がいると言っていて、ここ最近は充実した日々を過ごしているように見えた。

笹野には女がいた？

続けて愛梨は、笹野の家宅捜索をした際の報告書を引き寄せる。自宅は三鷹の分譲マンション。中古物件だったが、綺麗《きれい》に使っていたようだ。

ページをめくって携帯電話の項目を開くと人差し指で文字を追っていく。

型遅れの携帯電話、いわゆるガラケーだ。データが消去されていたのは、自首をする前に身辺整理をしたのか、それとも見られたくないものがあったのかはわからない。

発着信の記録は電話会社から得られており、武田と連絡を取り合った形跡がないか調べられていたが、そのような事実はなさそうだった。

これはカウンセリングのために通院していたというわりには不自然だが、電話以外にも連絡の取りようはある。ホームページ、ＬＩＮＥ等のアプリケーションなどだ。

愛梨は、帰ろうとしていた鑑識課員を目に留め、慌てて追いかけた。

「あの、すいません。この携帯電話なんですけど、削除データの検索はされたのでしょうか」

中肉中背のベテラン鑑識員は『問題児』と話していると自分の評価が落ちるとでもいうような目を向けた。安物のコロンが鼻につく。

「調べたが、ジャンクメールくらいしかなかった」

「クイックスキャンですか？」

「そうだ。そこまで時間をかけるものでもなかったのでね」

削除されたデータは、見た目では消えていても、しばらくはストレージメディアのどこかに残っている。いずれは新規データで上書きされることになるが、それまでは一般のソフトウェアでも見つけ出すことができる。

「ディープスキャンはまだですか？」

「なんのためにだよ」

鑑識員は野田管理官に助けを求めるような目を向けた。

彼が戸惑うのも理解できた。断片化されたデータを復元するとなれば、手間も時間もかかるからだ。

「私生活で明らかになっていないことがあるからです」

「それは事件を覆すことになるのか？　笹野の供述は信憑性が高いぞ」

「はい……。たしかに笹野の犯行なのだと思います。しかし動機の部分についてはわかりません。もやもやとした部分を、笹野が起訴される前にはっきりとさせたいんです！」

「どうかお願いできんかねぇ？」

いつの間にか横に並んでいた、吉澤が言った。

「ヨシさん、勘弁してくださいよぉ。こっちも忙しいんだからさぁ」

「そこんとこ、なんとか。ウチのかわいい嫁なんだ」

ここでは愛梨は反論しないでおいた。

鑑識の男は、やがて貧乏くじを引かされた、と顔をしかめた。

「わかったよ。調べてみるよ」

ありがとう、と礼を言った声が吉澤とハモっていて、ふたりは顔を見合わせて口角をあげた。

その時、ドアを蹴破《けやぶ》る勢いで河崎が飛び込んできた。そういえば、会議が始まるときにはいなかった。

「た、大変です！」

「なんだ、どうした」

有賀が、これ以上自分の部下が迷惑をかけてはならない、と駆け寄ってきた。

「すいません、笹野の本当の動機がわかったかもしれません」

河崎のバディである女性刑事が管理官のテーブルに資料をぶちまけた。一度は解散した刑事たちも、何事かと集まってくる。愛梨と吉澤も輪に加わった。

資料のほとんどは女の写真をプリントしたものだったが、愛梨は、あっ、と声を上げた。

刑事たちを強引にかき分け、机にかぶりつく。

間違いない、あさみだ。

「どうしてあさみさんが？」

「なんだおまえ、知り合いか？」

野田が聞いた。

「先ほど、武田と笹野がある花屋の顧客だったとお話ししましたが、この女性はその花屋の店員さんなんです」

野田は説明を求めるような目を河崎に向けた。

「笹野の自宅を捜索していたところ、クローゼットの奥底に隠してありました」

女刑事が数枚のコピー紙を野田に手渡した。それに目を通した野田の表情が険しくなる。

こちらは手書きの文字がびっしりと埋まっていた。

「なんなんだ、これは……」

愛梨も覗き込み、愕然《がくぜん》とした。

――武田とは付き合うべきではない。

――私は君をすべての苦しみから救うことができる。

――一生、君を見守り続けてあげられる。

紙には大小様々な大きさの文字が書き殴ってあって、内容はあさみに対する歪《ゆが》んだ感情だった。便箋《びんせん》に書かれたものもあったが、あさみからそんな話は聞いていないので、出せずにいたようだ。

「笹野は……ストーカーだったのか！」野田が唸った。「おい青山。お前の言っていた違和感っていうのは、これか？」

「正直、ここまで想像できていませんでした」

笹野が数年前から中目黒周辺をうろついていたのは、あさみをストーキングするためだった……。あさみは笹野を街でよく見かけることがあると言っていたが、それは偶然ではなく、笹野があさみに近づいていたからだったのだ。

河崎が言った。

「笹野はストーキングするうちに、この女性が武田のところを頻繁に訪れていることを知って逆上したのではないでしょうか」

野田は長い息を吐き出した。

ただでさえスキャンダルなのに、それがストーカー行為の果てということになると、社会に与える衝撃は計り知れない。

「一課長に連絡する。それから明日の朝一番で笹野を再聴取しろ！」

終わりかけていた捜査会議は、再び騒がしくなった。

「あいちゃんの言うとおりだったね」

呆然《ぼうぜん》としていた愛梨は、吉澤が話しかけていたことにしばらく気がつかなかった。

「あ、すいません」

「いやぁ、ひとは見かけによらないね。文面を見たけど、かなり執拗《しつよう》な感じだったなぁ」

愛梨はこれまで事件で関わってきた変質者たちを思い起こした。

あの文面は、まさに、変質者のそれだった。

愛梨の自宅がある台東区入谷《いりや》は地下鉄日比谷線が乗り入れており、中目黒からは乗り換えせずに帰ることができる。

それなのに、日比谷で途中下車していた。そして、足は自然とギャラリーへと向いている。

笹野のストーカー行為は衝撃的だが、その標的があさみだったということも、愛梨の心を乱していた。

誰かと話をしたい気分だったが、結婚、警察学校、離婚、本庁刑事と、めまぐるしく変化する身辺についてこられる友人はいなかった。見渡してもいまの交友関係は警察絡みだけで、気軽に話せる人間がいない。

そこで唯一思い浮かんだのが、先日会った仙波麻梨だ。大人の女という感じがした。芸術の話は難解だが、黒で塗りつぶされた絵の解釈でもいい。捜査から離れた会話をしてみたかった。

精神的に疲れているのだろうか。ひょっとしてカウンセリングが必要だろうか。

ふと渋谷の顔が浮かび、頭を振る。

いやいや、あんな男に頭の中を覗かれたくはない。

ギャラリーはすでに閉館していた。愛梨はぼんやりとした間接照明に変わったギャラリーの前に立ち、中を覗いた。

『陽のあたる場所』——真っ黒な絵が浮かんでいた。

タイトルとは裏腹に、闇《やみ》の中に吸い込まれていくようだった。

愛梨はガラスに映る自分の姿にハッとして、身体を離した。意識があの絵の中に閉じ込められていたかのように、妙な脱力感に襲われた。

今日は地元の店で軽く食べて帰ろう。

愛梨は駅に向かって歩いた。

ちょうど映画が終わる時間だったのか、日比谷シャンテから溢《あふ》れ出てきた多くの人たちとすれ違う。ふと顔を上げた瞬間、愛梨は慌ててゴジラ像の台座に身を隠した。そして、慎重に覗く。

麻梨がいたのだ。彼女がひとりだったら声をかけただろう。しかし彼女が腕を組んでいる相手は直人だった。

えっ、なんで……そういうこと?

もはや他人であるのだから、元夫がだれと付き合おうが関係ないのだが、こんなに心がざわついてしまうのは、自分より不幸になっているべき男なのだ、と心の奥底で思っていたからなのかもしれない。

そうすれば自分の選択が間違っていなかったと納得することができるのに、自分と別れてから幸せになってしまったら、まるで不幸の原因は私だったみたいではないか。

それともうひとつ。なんだか麻梨まで奪われたような気がした。

ふたりの後ろ姿は、人ごみに紛れながら銀座方面へ消えて行った。

愛梨はどっと湧いて出た疲労感に押しつぶされそうになった。モヤモヤした気持ちは収まりそうになく、このまま家に帰ったとしても寝付けない予感がした。

気づけば、愛梨は携帯電話を取り出していた。ディスプレイを眺めながらしばらく躊躇《ちゅうちょ》していたが、やがて通話ボタンを押した。

相手は一回目の呼び出し音が終わる前に出た。

『青山さん？　どうしたんですか』

突然の電話にも拘《かかわ》らず、渋谷は驚く様子がなかった。その声を聞いていると、不覚にも落ち着いてしまう自分がいる。

「あの。渋谷さん、今晩、予定ありますか？」

『いえ、特にありませんけど』

「よかったら飲みにいきませんか？」

『いいですね、いきましょう。いまどちらです？』

「日比谷です」

『僕は恵比寿《えびす》のホテルにいるのですが、日比谷なら電車で一本ですね。そっちに行きますよ』

職業病というのか、待ち合わせ場所として真っ先に思いついたのは交番だった。日比谷交差点にある日比谷公園前交番に現れた渋谷は、リネンの白いシャツにジーンズ姿で、普段よりもさっぱりしているように見えた。そういえば、男と待ち合わせるなんて、ずいぶんと久しぶりのことだった。渋谷相手にトキメキはしないが、雑多な日常のちょっとしたアクセントくらいになっているのか、顔を見ただけで心が軽くなった気がした。

「お誘いありがとうございます。どこに飲みにいきます？」

「私の地元でもいいですか」

「え、ここじゃないんですか？　構いませんけど、地元ってどこです？」

「入谷です。上野のいっこ先。日比谷線で一本です」

「下町ってやつですね。でも、それなら駅で待ち合わせればよかったのに」

「その前に見てもらいたいものがあるんです」

渋谷は戸惑いながらも、予想外の展開を楽しんでいるようだった。正直いうと、この辺りで飲んでいて、ばったり元旦那に会いたくない。

愛梨は渋谷と連れ立って、ギャラリーの前に戻ってきた。そしてガラス越しに例の絵を示した。

「あの絵の、意味がわかりますか？　『陽のあたる場所』というタイトルがつけられています」

「陽のあたる場所、か。あ、これが元旦那さんの絵なんですね」

「な、なぜ知っているの？」

「吉澤さんという刑事さんに呼び止められて、お話を聞いたんです。なんだか恋敵《こいがたき》のような目で見られましたけどね」

渋谷は愉快そうに笑った。

まったく……。

「で、あの絵……というか、黒くて四角い物体を見てどう思いますか？」

渋谷は興味深そうにしばらく眺めると、合点したように頷いた。

「あぁ、なるほど。そういうことか。確かにいい絵だ」

「え⁈　わかるんですか？」

渋谷が、解読不可能な暗号を解いた科学者のように見えた。

「作者の意図と同じかどうかはわかりませんけど、少なくとも僕なりの解釈はできましたよ」

「それって、どういうことですか」

渋谷は、困ったなぁ、と後ろ頭を掻いた。

「それはご自身で考えられたほうがいいと思います。あくまでも僕なりなので」

「本当はわかってないんじゃないですか」

からかってみたが、逆に憐《あわ》れむような目を向けられた。まるで、この芸術の意味がわからないなんて人生を損している、と言っているようだった。

「ひとつ言えるとしたら、見方を変えて見てみるということです。目から入る情報というのは意外と少なく、そして一方的なものですよ」

「百聞は一見にしかず、とも言いますけど？」

「確かにね。でもね、目には見えないことはたくさんある。感じることしかできないなにかが、ね」

愛梨はもう一度、黒塗りされた絵を見た。自然と眉間に皺が寄る。

「考えすぎてもだめかもですよ。頭を空っぽにしていたら、ある日、突然、意味がわかるかもしれません」

考えるな、と言われた途端に考えてしまう。

そんな愛梨を見て、渋谷はまた笑った。


日比谷から二十分ほどで入谷についた。

駅から地上に出て、昭和通りを進む。根岸柳《ねぎしやなぎ》通りに入ると、住宅街が広がる下町の片隅に明るく照らされた場所が見えてくる。

「あそこですか？　いきつけの店というのは」

「ええ。ポテトサラダが絶品なので覚悟しておいてください」

「え、ポテトサラダが、ですか」

懐疑的な渋谷に、愛梨はほくそ笑む。

食って驚くなよ。

暮ラシノ呑処《のみどころ》『オオイリヤ』は、沖縄出身の店主と下町の奥さんが営む創作沖縄料理屋だ。カウンターとテーブル合わせて十八席ほどの小さな店で、体を横にしなければ奥のトイレにもいけない。それでもつねに満席に近く、海外からも多く客が訪れていることが、壁中に書き残されたメッセージからも窺えた。

「ああ、愛梨さん、いらっしゃい。カウンターにどうぞ」

まだ三十代の若い店主が明るく迎えてくれる。

「あらま、また新しい彼氏ですか」

「ちょっと、リーチさん、カンベン！　いつもひとりで来ているでしょ」

愛梨は苦笑しながら紹介する。

「リーチさん？」

渋谷がおしぼりで手を拭《ふ》きながら聞いた。

「マスターの名前。魚の鯉《こい》に漢数字の一で、『りいち』って読むの。珍しいでしょ」

「へぇ、広島カープのファンってことは」

「違いますね」

すかさず鯉一《りいち》が否定した。

「ま、なにも言わず、まずはポテサラを食べてください」

はじめて来たとき、ここのポテトサラダに愛梨は衝撃を受けた。

いわゆるポテトサラダの上に、カレー粉と細く切った沢庵《たくわん》が載っている。シンプルではあるが、普通のポテトサラダにはない歯ごたえと風味。ビールとの組み合わせは最強なのだ。

アメリカ帰りの精神科医も、旨《うま》いを連呼しながら、あっというまにたいらげると、おかわりをオーダーした。

ビールを飲み、ひといきついてから渋谷が呟《つぶや》いた。

「いやぁ、しかしちょっと驚きですね」

「でしょ？　ここのポテサラ。それとも日本のビールが？」

「え、違いますよ」

渋谷は笑った。

「なんとなく青山さんは僕のことを嫌っているんじゃないかと思っていたので、誘われるとは思っていませんでした」

「私、嫌いな人とでも酒は飲めるんですよ」

渋谷は一瞬の戸惑いのあと、はじけるように笑った。

冗談ではなく割と本気だが？

「ちょっと古い考えかもしれませんが、『飲みニケーション』ってやつです」

なるほどね、と渋谷はまた笑った。

ここは、言うなれば愛梨のホームグラウンドだ。静かで落ち着いた空間だと渋谷のペースに巻き込まれそうな気がするが、ここなら大丈夫だ。

さて、呼び出したはいいものの、カウンセリングのプロとどんな話をすればいいのだろうかと思っていると、いきなり切り込んできた。

「なにかあったんですか？　見たくないものを見てしまった。もしくは忘れたい過去に触れなければならなかったって顔ですね」

鋭いな。顔にそう書いてあるんだろうか。

「なんでも話してください。僕はその道のプロですが、今日はいいお店を紹介してもらったので、特別にカウンセリング料はいただきませんよ」

安心感が僕の一番のウリです、と言わんばかりの笑顔だった。

自分の弱味をみせるのは嫌だったが、懐《ふところ》に入りこむにはいいかもしれない。以前から渋谷には隠しごとをされているような印象を持っていた。気を許したフリをして、こちらからも情報を引っ張りだしてやる。

ただ、相手はプロだ。取り繕った話では見透かされるだろう。

だから愛梨は離婚のこと、そして元旦那が綺麗な女のサポートを受けて活躍しているのを見て心がざわついていることを、正直に話した。

渋谷は真摯《しんし》に耳をかたむけていた。愛梨が話し終わると、青菜の酒盗炒《しゅとういた》めを口に放り込み、考えを整理するようにしばらく頷いていた。

「青山さん」

渋谷は訥々《とつとつ》と話しはじめたが、そこから出てきたのは具体的なアドバイスではなく、人が不安に思う心のメカニズムについての論理立てた話だった。

大学の講義のように堅苦しく、居酒屋で聞く類《たぐい》の話題では決してなかったが、言葉を選び、愛梨の理解が追いつくのを待ちながら話した。

するとと、不思議とどこか気持ちが軽くなる感覚があった。おそらく愛梨の性格を見越してのことなのだろう。

「まぁ人間というのは後悔の生き物で、過去の選択が正しかったのかどうかを常に気にしています。だれも好き好んで失敗したいわけじゃないですからね。もし青山さんの元旦那さんが今も落ちぶれていたなら、離婚という選択が間違いではなかったと証明できるのに、実際はそうではなかった。彼の仕事は順調で綺麗な女性まで近くにいる。それがざわつきの元なんですね」

「正直な話、そうなのかな、と」

「なるほど。では逆に言うと、いまの青山さんは幸せではないのですか？」

「いえ。充実しています」

「しかし彼の幸せを許容できるほどでもない？」

そう言われると、答えに困る。

「離婚は青山さんが決めたんでしたっけ？」

「そうですね。言い出したのは私でした」

渋谷はカウンターを埋め尽くす酒のボトルを眺めながら、うーん、と唸った。

「人ってね、比較することで自分の立ち位置を把握しようとするものです。人生のバックグラウンドはそれぞれだから比較なんてできないのに、です。たとえば身につけているブランド物、乗ってる車、住んでいる場所、仕事、その他もろもろ。これらに意味がないのはわかりますか？」

「どういうことです？　憧《あこが》れの高級車に乗るのが夢だ、世界有数の企業で働きたいと思うのは悪いことではないのでは？」

「そうですね。どちらも経済力やステータスを外部に示す指標にはなるでしょう。言い換えれば自分の収入を上げて豊かな生活が送れるように努力しよう、ということですから決して悪いことではありません。しかし、その過程についてはまちまちです。あることを成し遂げるために失うものがあったとしたら？　それがかけがえのないものの犠牲の上に達成されたとしたら、果たして幸せと言えるでしょうか。人によってその尺度は違います。比べられないと言うのは、そういうことなんです」

「うーん、わかるような、わからないような」

「では、このお店の中を見渡してみてください。この中でだれが一番経済力がありますか？」

サラリーマン、ＯＬ、外国人観光客、地元住人……。

愛梨は首を振った。

「わかりません」

「では、だれが一番幸せ者で、だれが一番不幸ですか？」

また首を振る。

「そう、わかるわけないんです。仮にこの中に自分の年収を軽く超えるようなわかりやすいブランド品を身につけた人がいたとしても、です」

「どうしてです？」

「比較の基準は常に自分だからです。自分にない物を持っているのが幸せ者で、自分にある物を持っていない人が不幸なのか。あくまでも自分が基準ですよね。でも、自分が幸せだったら他人のことなんて気にならないはず。つまり、彼の成功を素直に喜べないのは、今の自分に満足がいっていないことの裏返しとも言えるかもしれません」

「ええっ？　私は念願叶《かな》って捜査一課に抜擢《ばってき》されましたけど、なにかを犠牲にしたという気持ちはありません、むしろ離婚問題や男社会の壁を乗り越えてきたんです」

　渋谷が、それです、と人差し指を向けた。

「僕も多くの警察の方々と接してきましたので、いまの青山さんがいる場所が並大抵の努力では辿り着けないことは理解できます。理不尽なこともあったでしょう。しかし、それが〝成功体験〟として美談にすり替わっているかもしれません」

「どういう……ことですか」

「喉元《のどもと》過ぎればなんとやら、ですよ。いまいる場所にいる理由。はっきりと自覚できますか？」

「捜査一課を目指してきた理由、ということですか」

「ええ。ずっと目指してこられたんですよね」

「そうです。刑事として、捜査一課は――」

ここで言葉が詰まってしまった。

刑事になったからには捜査一課。ずっと目標においてきたが、どうして自分はここに来たかったのだろう。悪を止めるなら所轄でもできる。

捜査において所轄よりも権限が欲しかったから？　同僚に対して胸を張りたかったから？　バツイチの女がやれるわけがないと言った者たちを見返したかった？

そこでかたちにならない思いが湧いてくる。

過去を正当化したかったから……？　潜在的なミスを認めたくなかったから？

「捜査一課にいることは、あなたにとっても、警察にとっても間違いなく素晴らしいことだと思います。しかし、その理由がわかっているのといないのとでは、精神的に違いが出てきます。心がざわついていると、負のスパイラルになることもありますが、自分がなぜここにいるのか、はっきりと理解できれば流されることはありません」

渋谷の言葉は身体の中に染み込んでくるようだった。

「しかしやっかいなのが、この自分の基準ってやつは一定ではなく、常に変動しちゃうってことなんです。だから曇りのない目で、物事を他と比較することなく評価してみてはどうですか？」

渋谷はそう言うと、両目の横で自身の手を開いたり閉じたりしてみせた。

目をしっかり開けてみろってことか。

「渋谷さんは、なぜここにいるのか、理由はわかっているのですか？」

「ええ、もちろん」

そう言ってポテトサラダを箸《はし》ですくい上げた。

「これを食べるためですよ」

愛梨は吹き出した。

渋谷はたしかに優秀なのだろう。実際、話をしただけで愛梨の心はずいぶんと軽くなっていた。医師としての技量は高く、信頼もできる。

だけども、捜査のパートナーとしてはどうだろう。まだ信用できない。それは嘘をついているという直感だ。なにかを隠している。

特に笹野については、渋谷はどんな分析をしているのか。なにかしらの考えを持っていそうなのだが、肝心なところでうやむやにしていて多くを語っていない。それをなんとか聞き出したい。

そのために、まず愛梨は笹野の犯行がストーカー行為の果てによるものだということを伝え、様子を探ることにした。

「――変質的な手紙や、長期間監視していたことをうかがわせる写真が笹野の自宅から発見されたんです」

それを聞いた渋谷は基本的に無表情ではあったが、ほんの少しのあいだ、瞬きが不規則になったのを愛梨は見逃さなかった。脳の中で様々なことが高速で飛び交っていたようにも見えた。

渋谷はビール二杯のあとにハイボールを注文した。本人はあまり強くないと言っていたが、顔色はそんなに変わっていないように見えた。

愛梨は酒に強いので、これくらいはどうってことないのだが、酔ったフリをすれば油断して口を滑らすかもしれない。

「それで、笹野の動機については、どう思いますか。ストーカーの心理を考えたら、なにか見えてきませんか」

「いやぁ、どうでしょう。まだ、なんともわかりません」

「またまたぁ」

軽く出てみたが、渋谷には響かなかった。

「そっか、医師である以上、確実なことしか言えない、みたいな？」

「ってことは、自分なりの考えはある？」

「まぁ、そうですね」

「それもノーコメントで」

くそっ、ガードが硬いな。

はっきり断って空気が悪くなったと思ったのか、渋谷は表情を弛緩《しかん》させた。

「でも、青山さんには必ずお話ししますから」

やはり、渋谷はなにかを摑んでいるんだ。その上で隠している。

でも、どうして？

「このままいけば笹野は起訴されるでしょう。それ自体は間違っていないと思います。だけど、『なぜ』の部分がわからなければ、本当の意味で解決にはならないと思うんです。我々捜査一課は事件が起こってから行動する部隊ですが、『なぜ』の部分をしっかり突き止めておくことで未来の犯罪の芽を摘《つ》むことができるかもしれないからです」

「もちろんそうでしょう。でも、ストーカーだったということは突き止めたんですよね？」

「そうですが、じゃあなぜストーカーになったのか」

渋谷は腕組みをして天井を見上げた。

「ストーカーになる人の主な特徴として『自己愛が強い』ことがあげられます。自分が大好きだから、どんな手段を使っても傷つくことなく幸せにならなければならない、と考えるひとたちです。笹野もそうだったのでは？」

愛梨はカマをかけた。

「渋谷さんはそう思ってなさそうだけど？」

一瞬、口元が動いたが、それだけだった。

「確実なことが言えるように、僕も頑張ります」

どうやら渋谷は、自分の考えについて話すつもりはないようだ。

愛梨は、酒を飲む渋谷の姿を見ながら思い出すことがあった。そしてストレートに聞くことにした。

「渋谷さん、こうやって飲みに行くことって、よくあるんですか？」

「いや、数えるくらいしかないですよ」

「じゃあ、数えてもらえます？」

「え？」

「以前、あなたは居酒屋でずいぶんと酔っぱらって、だれかを『殺してしまった』と言っていたそうですね。それって、どういう意味です？　それとも、本当にだれかを殺したんですか？　自首したいのなら私がこの場で受理しますよ」

渋谷は軽口でも言ってかわそうとしたのかおどけた表情になったが、愛梨の真剣な目を見て続く言葉がなかなか見つからなそうだった。

愛梨のほうも、酔った演技は消えていた。

記憶に無いと笑い飛ばしでもしてくれたら愛梨としても気が楽だったかもしれないが、否定も肯定もしないその態度に愛梨も真顔になる。

そしてはっとする。

冗談でも比喩《ひゆ》でも言葉の綾でもなく、まさか本当に誰かを殺したのか……。

やがて渋谷は重い口を開いた。

「人は、凶器を持たなくても人を殺せるんです」

それがなにを意味しているのかわからず、戸惑った。

「ある意味、言葉は凶器なのかもしれません」

「なんですか、それ」

　ジョッキの氷を回しながら言った。

「あなたは、笹野さんが武田医師を殺害した本当の動機について、僕が情報を持っていることを期待されている」

「はい。そう思っています」

「正直、ある程度、見当がつけられています」

「それなら――」

「しかし、まだそれを証明できません。検証し、確かな情報だけを積み上げる。それは警察も医師も同じなのでは？」

「ええ。では、いまある確かなことを話してもらえませんか。捜査の助けになります」

　渋谷は首を横に振った。

「先ほども言った通り、ひとこと口にすれば言葉は力を持ちます。それは本人の意思とは関係なく勝手に動き回り、そして誰かを傷つけてしまうかもしれない。僕はそれを防ぎたいのです」

　なにがあったかはわからないが、渋谷の心の中では、根強く残るなにかがあったようだった。

　詮索《せんさく》しすぎただろうか、と少し悪い気がしてきた。

　ここで急に渋谷が顔を上げた。

「そういうことか！」

「な、なにがです？」

「この店の名前。オオイリヤって、〝大入り〟と〝入谷〟をかけているんですね！」

鯉一と奥さんが破顔するのを見て、渋谷は嬉しそうにハイボールをおかわりした。

8

朝の七時を少し回っただけなのに、空気はすでに熱を帯びていた。

目黒署の門をくぐり階段を上る。二階の踊り場に差し掛かった時、あいちゃん、と声をかけられた。振り返ると、吉澤が手招きをしている。

「おはようございます」

「ちょっと、こっちこっち」

孫に、内緒で小遣いをあげるじぃさんのようだな、と思いながらあとに続き、刑事部屋に入った。

雑多な雰囲気の中で、吉澤のデスクだけは綺麗に整理《せいり》整頓《せいとん》されていた。愛梨は勧められるまま隣席の椅子《いす》に座る。

「気になるものを見つけたんだよ」ここで声を潜めた。「渋谷さんが誰かを殺したって話」

「えっ？　そんなの調べていたんですか？」

「五年前ってのが気になってね。それでさ、これって関係あるだろうか」

一枚のコピー用紙をファイルから抜き出すと、愛梨に向けた。週刊誌を見開きでコピーしたもののようだ。

『声なき叫び』と大きなタイトルが躍り、他にも『冤罪《えんざい》』や『息子は殺していない』といった文字が強調されていた。

文章を読み進めるうち、鳥肌が立つような感覚が愛梨の全身を襲った。それは五年前に発生した多摩川の殺人事件、その犯人とされた人物の母親の声だった。

「これって、まさか」

「そう、渋谷先生が精神鑑定を担当したヤマだよ」

あさみの父親を殺害した犯人は、渋谷によって責任能力はないと診断されたが、それは無罪と同義ではないのだ、と訴えていた。

人を殺《あや》めてしまうほど瓦解した精神の持ち主であると公に認定されたということであり、施設への入院を余儀なくされる。外出もできず、息子が受けたのは実質的な懲役である、と母親は訴えていた。

それまで支え合ってきた、境遇を同じくする精神疾患の子を持つコミュニティからも排除され、孤立しているという。

こういう事件があると、障がい者は危険な人種だ、と世間から思われる。メディアがつくる風潮を危惧《きぐ》してのものだったが、当事者からは距離を置きたいということなのだろう。

記事は、こう締めくくられていた。

『あの子は殺してなんていません。しかし証拠もありません。あの子も自分の言葉で話せません。でも警察の証拠も同じくらい曖昧なものでした。確かなものなんて、なにひとつなかったのです。ほかに犯人が見当たらないという消去法で、私の息子は人殺しの異常者にされたのです』

　愛梨は長めのため息をつき、慎重に言葉を選んだ。

「これは……冤罪ということなのでしょうか」

「少なくとも、母親はそう思っているようだね」

　渋谷が居酒屋で誰かを殺したと証言していたのも同じ時期だ。渋谷は、この一件のことを言っていたのだろうか。

　渋谷に対する愛梨の疑念は深まる一方だった。そして、それを放っておけるような性格ではない。

　愛梨は携帯電話を取ると、渋谷に電話をかけた。

「渋谷さん、今日、少し時間ありますか？」

『えっと、なにかあったんですか？』

「いえ、五年前の事件についてお話を伺いたいことがあるんですよ。冤罪を主張する記事が週刊誌に載っていたので」

『そうですか……。すいません、今日は用事がありまして』

　音声が乱れていた。

「渋谷さん、いま電車ですか？」

『そうなんです、またご連絡しますので』

　そう言って通話は切れた。

　怪しい。怪しすぎる。

「私、五年前の事件を追ってみます」

「え、どうしてだい。いまの事件とどんな関わりがあるの？　笹野の自供に疑問でも？」

　愛梨の脳裏に、あの黒塗りされた絵が浮かぶ。見方を変えろ——。

「なぜだかわかりません。しかし、このまま終わらせたらダメな気がするんです。なにか、大切なものが……見方を変えることでしかわからないことがあるような」

　うまく言えずに、尻すぼみになる。

　吉澤は目を細めると、一枚のメモを手渡してきた。

「あいちゃんなら、そう言うと思ったよ」

「なんです？　これ」

〝高輪《たかなわ》警察署地域課　警部補　明石保〟と書いてあった。

「その事件を担当した警察官だよ」

「えっ?!」

「昇進を機にいまは高輪署に異動になっているけど、事件が発生した当時は和泉多摩川の交番勤務で、その前後も調布署管内で長く勤務されていたから、いろいろと詳しい話を聞けると思う」

驚く愛梨に、娘を見るような眼差《まなざ》しを向けてくる。

「最後まで、僕は味方だからね。それと、これ」

分厚いファイルを差し出してきた。和泉多摩川の事件の捜査ファイルのコピーだった。

こんなものを、いつの間に手配したのか。

軽くウインクをして見せた吉澤に、愛梨は素直に頭を下げた。

「さっそくアポを取ります」

机上の電話を引き寄せると、高輪署に電話をかけた。


正午過ぎ、臨時の捜査会議が招集され、まず冒頭で笹野の事情聴取の内容が伝えられた。

笹野はストーキングの事実を素直に認めたという。

それによると五年前、被害者遺族のサポートのために調布署を訪れた笹野は当時高校生だった白井あさみと出会い、やがて恋愛感情を抱くようになった。あさみが高校を卒業し生花店に就職してからも、時間があれば中目黒を訪れていた。

手紙も書いていたが、実際に接触することはなるべく避けていた。それは警察官、また社会人として自制したというよりは、チャンスを窺っていたというのが正しいようだ。

あさみの行動を監視するうち、武田のクリニックでは長い時間を過ごすことを知り、嫉《しっ》妬《と》するようになる。武田との間に面識はなかったが、事件当日、警察の立場を利用してクリニックに乗りこむと、あさみとは会うなと要求したようだ。やがて口論に発展し、そして犯行に至った。

「武田は、笹野の追及を理不尽な言いがかりだとして、警察に訴えると言いはじめたらしい。受話器を取った武田に摑みかかり、揉み合いになった。あとは報告の通りだ」

野田はそう言ったあと、珍しくため息をついた。

現役警察官がストーキングの末に殺人を起こすなど、警察の歴史に汚点を残すことになる。しばらくはマスコミからの突き上げも大きいだろう。

他の捜査員も一様に重い雰囲気だった。

それでも愛梨には気になることがあった。

「あの、すいません……」

「なんだ」

野田のみならず、この場にいる全ての目が集まる。そして、そのどれもが冷たかった。

「質問よろしいでしょうか」

「だからなんだ」

「笹野ですけど、室内を荒らしたことについては、なにか言っておりましたでしょうか」

報告書に目を落とす。

「強盗に見せかけたかったそうだ」

「でも、おかしくないでしょうか」

「何がだ」

「自首するくらいなら見せかけなくてもいいのに、と」

「はじめは逃げるつもりだったが、あとで心境が変化したということもあるだろう」

「そうでしょうか」

たまらず有賀が割って入る。

「青山、まぁ待て。お前はなにか根拠はあるのか？」

「ありません。しかし、笹野の性格でいいますと――」

普段は感情を表に出さない野田がテーブルを叩《たた》いた。

「なんだ、お前。笹野のことをどれだけ知ってんだ！　その自信はどこからくるんだ、あぁっ⁈」

吉澤が立ち上がって頭を下げた。

「管理官、すいません、私の入れ知恵なんですよ」

「どうなってるんですか、吉澤さん」

一目置かれているのか、野田は困るなぁ、といった感じで背もたれによりかかった。

「現場を見たときにね、どうにもしっくりこないことがあって。彼女は荒らし方がわざとらしいと感じたし、救急車をわざわざ呼んだのも腑に落ちない。それぞれがなにを意味しているのかはわからない。感じるのは、しっくりこないという感覚だけなんです」

「わかるように言ってもらえますか」

「笹野の行動には裏がある。なにかを隠したくて必死でとりつくろってる。だから、いま見ている笹野という人物像がどこか作為的な気がするんです。『しっくりこない』というのは、そういうことなんです」

「笹野は、五年前の事件の被害者遺族をストーキングしていたんですよ。これ以上まだ隠したいことがあるというんですか？　それは、いま我々がしようとしていること、つまり笹野を殺人罪で起訴するということについて、問題になるようなことですか」

「いえ。笹野は犯人だと思います。ただ、笹野自身を理解したわけじゃない」

「理解しないと犯罪は立証できませんか」

「そんなことはありません」

「ならば、私の言いたいことはおわかりですね」

吉澤は頷いて、着席した。愛梨も慌てて座る。

「すいませんでした」

愛梨はぽそりと言った。

「いや、自分もモヤモヤしてたからいいんだ。でも警察としては、捜査はここで一区切りをつけて、起訴に踏み込むしかないのかな。あまり引っ張ると、身内を庇《かば》って処分を先延ばしにしていると誤解されかねないから」

「私……」

「いいよ、行っておいで。もし誰かがあいちゃんを探していたら、適当に誤魔化しておくよ。この際、とことん追ってみたらいい。そして、もしなにかできることがあったらなんでも言ってね」

愛梨は素直に頭を下げた。そしてふと思い立つことがあって、吉澤を見つめた。

「あれ、その目はなにかお願いがあるのかな……」

愛梨の上目づかいを見ていた吉澤が、恐る恐るといった感じで聞いてきた。

「はい。とっても大切なお願いです」

「ちょっと、怖いなぁ」

もう遅いわよ。なんでも言って、ってこの耳で聞きましたから。しっかり責任を取っていただきます。

愛梨はかわいい嫁の目をして元義父の心を鷲掴《わしづか》みにした。


愛梨は品川駅で電車を降りると、高輪方面に坂道を上っていった。天上からの太陽に加えてアスファルトからの照り返しもあり、まるで両面オーブンレンジに放り込まれたような思いだった。汗は背中を不快に濡《ぬ》らす。

軽く息を乱しながら、レンガづくりの高輪署の門をくぐった。

「捜査一課の青山といいますが、明石さんはいらっしゃいますか?」

受付で名乗ると、そのすぐ後ろの背中が振り返った。

「あぁ、明石です」

「先ほどはお電話で失礼しました」

人の良さそうな笑顔で手招きをした。

「どうぞ、こちらへ」

居並ぶデスクの片隅に設けられた小さな応接セットに座る。ほどなくして麦茶がテーブルに置かれた。

「それで、和泉多摩川の件とおっしゃいましたか」

「はい。一通り資料は読んで把握はしているつもりですが、明石さんが一番事情にお詳しいと伺いまして」

「いやぁ、電話をいただいてから、いろいろと思い出してみたんですけどね、なにからお話しすればいいのか」

愛梨は、誰からも好かれそうな、「ニッポンのおじぃちゃん」然とした明石に微笑んでみせると、事前に用意していた質問リストを確認した。

「まず、被疑者のことですが、お知り合いだったと聞いていますが？」

「知り合いという表現が適切かどうかはわかりませんが、タカシはあのあたりではよく見かけていましてね。はじめは話しかけても反応がないこともあったのですが、声をかけ続けているうちに、他の人よりは受け入れてもらえるようになったのかな」

答える明石の表情に、訝しみの色が浮かんでいたので、愛梨は頭を下げた。

「すいません、こんなことをお聞きして」

「いいえ。今になってどうしてなんです？　なにか不審な点でもあったのですか？」

「現在捜査中のことですので、あまり詳細は言えないのです。それも関係あるかどうかもわかりません。捜査本部の指示ではなく私の独断で調べているだけでして」

「捜査本部？　もしかして、中目黒の件ですか？」

しまった、と愛梨は奥歯を嚙《か》んだ。できればまだ余計な詮索をされたくはなかった。

ただ明石の食いつきは、単純な興味本位というわけではなかった。

「実は笹野さんとは面識がありましてね。とても良い方でしたから、あの事件には驚いてしまって」

そうでしたか、と相槌を打った。

「明石さんは、正直、どう思われますか」

「どう、というのは、どういうことでしょうか」

「つまり、真犯人かどうかです」

明石の表情が硬くなった。どう答えるべきか迷っていたようだが、あたりを見渡してから、慎重に選んだ言葉を口にした。

「信じたくない、というのが正直なところですね。もしそうならよほどのことがあったはずです。ちょっとカッとしただけというのは……」

ん？　なんのことだ？

そして明石が笹野のことを言っているというのに気づいた。

愛梨は、タカシが冤罪なのかどうかを聞きたかったのだが、笹野の動機に疑問を持っている人物が自分以外にもいるということが、この事件にはまだ裏があるということを示しているようにも思えた。

ここで、いったん冤罪疑惑から離れてみることにした。

「笹野さんと面識があるとおっしゃいましたが、失礼ですがどのような？」

明石は急に謙遜《けんそん》した。

「いやいや、面識というか……。あの人はいろんなボランティア活動なんかをされる人でして、特に事件被害者の救済活動に職務を超えて力を入れていらっしゃいました。そう、今お調べになっている事件があった時も調布署に足を運ばれていたんです」

「五年前の事件の被害者遺族。つまり白井さんの奥さんと娘さんの救済にやってきたということですよね」

「そうです」

愛らしいあさみの顔が浮かんだ。それと同時に、本来守るべき被害者遺族であるあさみと出会い、その後にストーキングすることになる笹野を憎悪した。

善人の顔をして近づいておきながら、心の隙間《すきま》に潜り込もうとした。それが五年の時を経て殺人事件にまで発展したのだ。ストーカーのなんたる身勝手。

「あ、そうそう。それで、笹野さんは娘さんの精神状態が心配だからと、その場にいた精神科医の先生に診《み》てもらえるように働きかけてくれて――」

「え、それって、渋谷医師ですか?!」

愛梨は半ば叫んでいた。

「名前までは覚えていないのですが……」

「タカシの精神鑑定をした医師じゃないでしょうか？」

「あぁ、たしかに、そうかもしれません」

「確認ですが、笹野が渋谷医師を紹介したんですね？」

「はい、そう記憶していますけども」

渋谷と笹野は五年前に面識があった⁈

高揚感にも似た感情が湧き上がってきた。バラバラに存在していた得体の知れない違和感。それらが、ぼんやりとではあるが、繋がりを見せつつある。

しかし、なぜだ、という思いが滾々《こんこん》と湧き上がり、複雑な感情に覆いかぶさっていく。

あさみと出会ったいきさつは話していたのに、なぜ渋谷は笹野と面識があったことを隠していたのか。

愛梨が感じていた彼の嘘は、それだったのかもしれない。

いずれにしろ、渋谷がここに来たのは偶然ではない。なにかしらの意図を持ってのことだ。

終わらない。この事件は、まだ終わらせてはならない。

「あの……？」

突然、考え込んでしまった愛梨を、明石が心配そうに覗き込んだ。

「あ、すいません。えっと」

愛梨は笑顔を取り繕いながら、手帳を開いた。

「それでは話を戻して、その被疑者のタカシのことなんですけど、普段はどんな青年だったのでしょうか」

「そうですねぇ。本来の彼はとても優しい。奇声を上げることはあっても、誰かに危害を与えるということはなかった。それが動物にしろ、植物にしろ、です」

愛梨はメモをとりながら、次の質問を探す。

「タカシは、被害者に嫌がらせを受けていたと調書にありましたが？」

「ええ。それは確かです。私自身が警ら中に目撃したこともあって、被害者には注意はしていたんですが、一日中酔っぱらっているような男でして……。亡くなった方ですから、あまり悪く言いたくはありませんが」

「いえ、ありがとうございます」

携帯電話が内ポケットの中で震え、すいません、と断って中座する。吉澤だった。

「渋谷医師になにか動きが？」

愛梨が吉澤に頼んでいたのは、渋谷の尾行だった。刑事としての勘、というよりもそれ以前に女の勘と言ってもいいかもしれなかった。女は、嘘をつく男には敏感になるときがある。

『渋谷先生、いま恵比寿のホテルに戻ってきたんだけどね』

「どうかしましたか？」

吉澤の声は、ずいぶんトーンが落とされていた。

『それが、女の子が一緒なんだ』

「女——の子？」

『うん、あの、花屋の』

「えっ！　あさみさん？　どうして？」

『わからないよ。なんだか親密な感じで、いまロビーのカフェで話をしている』

なんだか胸騒ぎがする。

「いま行く！」

渋谷め、いったい何を企んでる？

愛梨は明石に礼を言うと、警察署の前でタクシーを捕まえた。五《ご》反田《たんだ》駅を通過する頃に、再度着信があった。

『なんだか、ふたりで部屋に行くみたいだよ！　どうする？』

「止めて！」

即座に叫んだ。その声に反応したのか、タクシーが急停車して前のめりになる。

「あ、違います、行ってください」

『え、あいちゃん、なんだって？』

くそ、ややこしい。

「あと十分くらいで着くから、待たせておいて。二人は離して、話をさせないで！」

ホテルの車寄せでタクシーを飛び降り、ロビーに駆け込んだ。

ぱっと目に入るのは大理石をイメージさせる巨大な柱と、宮殿のようなカーペットが敷かれた大階段。カフェスペースはその奥にあった。

見渡してみると、階段横に置かれたグランドピアノの傍らに、吉澤が困惑顔の渋谷と言葉を交わしているのが見えた。

鬼の形相で接近する愛梨を見て渋谷が後ずさりする。

「ちょ、ちょっと。青山さんっ、ち、違いますって」

「なにがよ！　このロリコンが！」

周囲の目がいっせいに渋谷を向いた。

「ちょ、誤解ですって！　それにロリコンというのは一般的に幼女など未成年の女性に対して抱く偏った感情のことで――」

「やかましい！　他にどう解釈すればいいのよ、この状況！」

吉澤が割って入った。

「あいちゃん、いま僕も話してたんだけどね……」

愛梨は吉澤を押しのけると、渋谷と鼻がくっつきそうなくらいに詰め寄り、睨み上げた。

「いろいろ聞いたわよ、あなたのこと。ずいぶんとナメたことしてくれたじゃないのよ。

いったいなにが目的なのよ！」

　渋谷はオドオドとあたりを見渡した。

「あの、ちょっと、あちらへ」

「なによ、聞かれたらまずいことでも？」

　渋谷が逃げるように柱を回り込んだので愛梨も追う。ロビー中央にある階段の裏に入り込むと、いきなり頭を下げた。

「誤解させるようなことをしてすいません。でも僕があさみさんをここにお連れしたのは、カウンセリングしたかったからです。五年前の治療の続きというか……」

「五年前の事件といえば、その治療を依頼してきたのは笹野だったそうですね。つまり、あなたは面識があったのに、そのことを隠していた。これはなぜですか？」

　渋谷はしばらく俯《うつむ》いていたが、神妙な顔を上げると言った。

「いまは、なにも聞かずに協力していただけないでしょうか」

「なんのためによ」

　渋谷は睨みつける愛梨に対して、哀訴の表情を浮かべた。

「全てを、知るためなんです」

「なんで？　あさみさんはどんな関係があるの？」

　渋谷はまるで自分を奮い立たせるように頷くと、細く、しかし不思議と通る声で言った。

「今回の事件は様々な出来事が絡み合っています。確実なことを積み重ねることで真相を明らかにしたい。あさみさんは、そのパズルのピースなのです。それも、重要な」

「理由を説明してください」

「そう考えるに足る情報を持っているから、としか言えません」

「どうせ、その情報は教えてくれないんでしょ？　ズルい人ですね」

「すいません。しかし、いずれ全てをお話しするつもりです。あなたが望むなら」

「当たり前じゃないですか」

渋谷の目がしゅっと細くなった。

「本当に知りたいですか」

「どういう意味です」

「例えば、〝余命宣告〟。聞かない方が希望が持てると言う人もいますよ」

「なんですか、その例え。事件の全貌《ぜんぼう》を知ると苦しむことになるとでも？」

「かもしれません」

愛梨はその真意をはかりかねていたが、思いはシンプルだった。

「私は真相を知りたい。たとえ、それが自分を苦しめることになるとしても」

渋谷は力強く頷いた。

「わかりました。いずれあなたに全てを委《ゆだ》ねます、約束します。だから、どうかお願いします」

問答無用だ。まずお前の全てを話せ。

愛梨の中ではその思いが強かった。しかし、知りたいという欲求には逆らい難かった。自分の想像を超えたなにかが起こっていて、怪しく見える渋谷の行動も、一筋縄では辿り着けない真相だからこそなのかもしれない。

愛梨は吉澤と顔を見合わせた。年の功か、刑事の勘か。吉澤は渋谷を信用しているように見えた。

ここは乗ってみるか。

「カウンセリングと言いました？」

「はい。催眠誘導で、あさみさんに聞いてみたいんです」

「それって、前に言ってた、別の人格が何かを知っているかもしれないっていう？」

「そうです。いまの症状が再発しているのも、心の中でバランスを崩すようなことがあったからだと思うのです」

「それなら、こんなところでコソコソしなくても」

「あさみさんにとって、静かでリラックスできる環境が必要でしたが、警察署にはそれがなさそうでしたので、こちらのホテルまで来ていただいたのです」

ソファーに座り、小動物のような心細そうな目でこちらを窺うあさみを見た。

しかし、どちらかというと、それは血相を変えて飛び込んできた愛梨に対してであり、渋谷ではなさそうにも思える。

「わかりました。でも立ち会わせてもらいます」

渋谷は首を左右に振った。

「いえ、他にだれかがいると催眠状態になりません。それだけシビアなんです。どうか僕を信じて任せてもらえませんか」

はぁ？　なんだと！

「誰かを殺したと言っていた男と二人きりには出来ません」

「それとこれとは……」

「あのぅ、私なら大丈夫です」

いつの間にか、あさみが後ろにいた。

「渋谷先生からカウンセリングのお話を伺って、私からもお願いしたいと思ったんです」

「でもね、あさみさん……」

まだ渋谷を心の底から信用し切れていない愛梨が食い下がると、渋谷が譲歩案を出した。

「それでは……こういうのはどうでしょうか。僕の部屋は寝室とリビングが分かれているのでどちらかで待機されるということにしては」

愛梨は片眉を上げた。

「そんな大きな部屋を借りるなんて、ＶＩＰかなにかですか？」

「いえ、私は出張族なのでホテルのポイントが貯《た》まっているだけなんです」

頭を掻く渋谷を苦々しく思いながら、愛梨は頷いた。

「わかりました。とりあえず、その素敵なお部屋に行きましょうか」

エレベーターを十九階で降り、渋谷の部屋に入る。深みのある青色の絨毯《じゅうたん》と高級そうなソファーセットが備えられており、全体的にヨーロピアンな雰囲気だった。窓からは都心のビル群が絵画のように見えていたが、渋谷がタッセルで弛《たる》ませていたドレープカーテンを閉めた。途端に閉ざされた空間のように思えてくる。

「青山さんと吉澤さんはこちらでお待ちいただけますか。あさみさんはあちらの部屋で」

隣はどうなっているのかと、念のため確認する。ダブルサイズのベッドがふたつ並んでいて、窓際にはソファーセットがあった。贅沢《ぜいたく》な空間だ。

「カウンセリングが始まりましたら、お静かに願います。携帯電話はマナーモードで、会話は部屋の外でお願いします」

「どのくらいかかりますか?」

「それはカウンセリング次第です。終わり次第お声をかけますので、それまではどうか」

渋谷は人差し指を唇にあててみせた。どうやら、本当に静かにしていないといけないようだ。

愛梨は寝室を覗き込んで、ソファーに座るあさみに声をかけた。

「なにかあったら叫んでね、すぐに突入するから」

あさみは苦笑いをしながら頭を横に振った。

「いえ。もし私が叫んだとしても決して止めないでもらえますか」

「え？　どうして、この男はね――」

「悲鳴が聞こえたとしても、たぶんそれは私じゃないから」

　そう呟いた。

「なんて言っていいのかわからないですけど、私の体を使って別の人生を生きていて、なんらかの事件に関わっているのならはっきりさせたい。それに渋谷先生は、私の体を取り返してくれるって。ね、先生」

　渋谷の笑みが複雑に作られたものであることに愛梨は気づいたが、まだ若いあさみは気づいていないようだった。

「愛梨さん、だからどうかお願いします」

　あさみは渋谷のことを信頼しているのか、その表情には不安のかけらも見られなかった。

　愛梨が、それとは対照的な鬼のような顔を渋谷に向けると、たじろぎながら後ろ頭を掻いた。

「取って食べたりはしませんよ……」

　当たり前だ。

　ベットルームに得体の知れない男と二人きりにさせなくてはならないのだ。渋谷が磨《す》り硝子《ガラス》をはめ込んだ白いドアをゆっくりと閉じるまでのあいだ、愛梨は警戒色を控えることなく渋谷を睨みつけていた。

　ドアの向こうにぼんやりと影が映る。どうやら渋谷はあさみの正面ではなく、ベッドに腰を下ろしたようだ。

耳を澄ませてみた。話し声はきこえるものの、内容まではわからなかった。

「大丈夫かな」

愛梨が呟くと、吉澤が、きょとんとした顔をする。

「大丈夫って？　この状況で乱暴されるとでも？」

「そうじゃないけど……」

引き返せない扉を開けてしまうような、漠然とした不安があった。それは渋谷の意味ありげな言葉がひっかかっていたからだ。

知らなければ余計な苦しみを感じなくて済むのに――。

あれは、どういう意味だったのか。

ソファーに座り、オットマンに足を伸ばしてすっかりリラックスしているような吉澤が、老眼がきついのか携帯電話の画面を遠ざけながら言った。

「へぇ、この部屋、普通に泊まったら一泊で八万円くらいするみたいよ。すごいねぇ」

さらに手元を操作して感嘆の声を上げた。

「一番高い部屋は三十万円だって。ここは高級ホテルなんだね。精神科医っていうのは儲《もう》かるんだなぁ。いちど泊まってみたいものだ。ほら、知ってのとおりうちの奥さんは、ドがつくほどのケチだからさぁ」

ドアが開いて、渋谷が頭を出した。

「すいませんが、声をもう少し抑えてもらえますか」

吉澤は拝むように両手を合わせ、無言で何度も頭を下げた。

渋谷は再び扉の奥に引っ込んだが、またすぐに顔を出した。

「武田さんのような開業医ならともかく、僕は大学から給料をもらっている身なので金持ちではありません。このホテルチェーンはアメリカの大学と提携していて、目黒署からも近い。今回は自費ですから一番安い部屋をとったのですが、宿泊回数が多いので無料アップグレードしてくれただけなんです」

吉澤がこれ以上詮索しないようにするためか、渋谷は全ての疑問に回答したと微笑んで、また扉を閉めた。

愛梨は再び耳を澄ませた。

「もう催眠状態ってことかな?」

吉澤が浅い声で聞いた。

「どうでしょう。見えないのでわかりませんけど」

「いったいいつまで続くんだろうか」

愛梨は首を横に振った。

催眠状態がどんなもので、どれくらいの時間がかかるものなのか、まったく想像がつかなかった。

息を殺して十分ほど経った頃、突然、悲鳴が上がった。あさみの声だ。愛梨は即座に立ち上がるとドアに手をかけた。しかし、あさみの願いを思い出して踏みとどまる。

悲鳴の後は、すすり泣く声や叫び声を何度か繰り返しながら、さらに三十分が過ぎた。いまは静かな時間が過ぎている。トイレに行きたくなったが、水を流す音が邪魔にならないかと躊躇する。

先に聞いておけばよかった、と立ち上がって気を紛らわす。ロビーのトイレに行ってこようかな。

ふと扉を見ると、はめ込まれた磨り硝子はグラデーションになっていて、木枠の際の部分に一センチほど透明な部分が残っているのに気づいた。

そっと覗いてみると、渋谷の背中が見えた。

なにをしているのだろう?

渋谷がポケットから何かを取り出した。

ラムネ?

あの、ラムネ瓶を模した菓子だ。手のひらに振ってあさみに差し出すと、あさみはひとつぶつまみ上げ、口に運んだ。背後から見ているため、その表情はわからないが、どこか儀式めいて見えた。

「どうなってるの?」

小声で吉澤が聞いてくる。

「いつものあさみちゃんに戻ってるの?」

「どうなんだろ……」

渋谷は立ち上がると、しばらくあさみを見下ろしていたが、突然こちらを向いたので、愛梨は慌ててソファーに戻って平静を装った。

扉を開けた渋谷はずいぶんと疲れた様子だった。目頭を指でつまみ、ため息をついた。

「おわりました」

その表情にいつもの笑みはなく、魂を吸い取られたように覇気がなかった。

あさみはどうなったのか？

愛梨は立ち上がって、部屋の中に入ろうとしたが、渋谷がそっと身体を寄せてそれを遮り、首を振った。

「彼女になにをしたの？」

ソファーから起き上がらないあさみを見ながら聞くと、渋谷はドアを後ろ手に静かに閉めた。

「いまはまだ眠っています。自然に目が覚めるまで待ってあげてください」

愛梨も声を落とす。

「あさみさんとは、どんな話を？」

渋谷は重い口を開いた。

「僕が話をしたのは、あさみさんではないんです」

ん？　と思って、すぐに思い当たる。

「それって、もうひとりの人格っていう？」

「ええ、あなたも以前、見かけられたんですよね？」

愛梨は頷いた。

「僕は催眠誘導によって、奥に隠れたもうひとりの人格と直接話をしました。別の人格はほかの名前を名乗ることもあるのですが、彼女の場合は、どちらの人格も同じ名前です」

「でも、全く別の人間ということですか？」

「体は共通なので全く別人というわけではありませんが、少なくとも記憶や経験という意味においては、別の人生を歩んでいると解釈できます。ただ、もうひとりのあさみさんは、歩んでいたのではなく、立ち止まっていたと言った方がいいかもしれない」

どういうことだろう？

しかし愛梨には、まずはっきりとさせておきたいことがあった。もうひとりの人格が、笹野の本当の動機を知る手がかりを見たのかどうかだ。

そのことを聞くと、渋谷は渋い顔をした。

「僕がもうひとりの人格と話したかったのは、真相を知るためです」

愛梨は、渋谷の意図がわからなかった。真相とは、殺人事件を解明することではないのか？　催眠誘導の目的は同じだと思っていたが、違うのか？

しかし能面のような渋谷の表情からは、なにも読み取れなかった。

愛梨は話を進めることにした。

「それで、なにかわかったのですか？」

「ええ。わかりました」

渋谷はもう一度振り返り、それから窓際まで移動するとカーテンを開けた。外の景色が見たかっただけかもしれないし、単に愛梨から距離をとりたかっただけかもしれない。

「あさみさんは……」

遠くに盛り上がる入道雲に向けて細めていた目を、愛梨に向けた。

「あさみさんは、武田に乱暴されていたんです」

は？

吉澤と顔を見合わせ、もう一度渋谷を見る。乱暴という言葉には様々な意味があるが、その表情から読み取れるのは、ひとつしかなかった。

もう一度、聞いた。

「どういうことなんです？」

「きっかけはわかりませんが、武田はあさみさんの中に別の人格が存在することを知って、悪用していたんです」

その意味がわかって、愛梨は血の気が引いた。

「それって、あさみさんを催眠状態にして、その間に暴行を——つまりレイプしていたということですか?!」

渋谷は首を振った。

「催眠状態になる条件というのは綱渡りのようなものです。少しでも違和感があれば目を覚まします。しかし人格が交代してしまっていると、記憶を共有していないため、いつものあさみさんに戻ってしまったら、なにも覚えていないんです」

そういえば、あさみは体の違和感を訴えていた……。クリニックを訪れた際に倒れたのも、その忌《いま》わしい記憶によって拒否反応を示したのかもしれない。

「でも待って。そしたら笹野はそのことを知っていたのかしら」

「ええ。おそらくそうでしょう。動機について多くを語らないのはそのためかと」

愛梨は額を押さえた。

「そうか。もし本当のことを言えば、あさみさんは、記憶がないところで自分が乱暴されていたことを知ってしまうから……？」

「はい。そうだと思います」

頭の中で様々な事柄が、手を取り合うようにまとまっていく。

「笹野はあさみさんを長期に渡ってストーキングしていました。そこで武田の行いを知ったんですね？　それが許せなくて殺害した。さらに、あさみさん本人に知られずに解決するために、自分がカウンセリングを受けていたことにして、その成り行きで揉み合いになったことにした……」

ストーカーの歪んだ愛情は、あさみを守るために全てを捨てさせたのだ。

渋谷は苦渋の表情のまま、頷いた。

「あさみさんの父親が殺害された際に分裂していたふたりの人格は、ずっと安定していたのに、ここ最近は人格が入れ替わるようになっていました。武田にそれを利用され、心のバランスはさらに乱れてしまった」

「私が別のあさみさんと会ったとき、彼女は怯えているようでした」

「僕もあさみさんを見ていて、もうひとりのあさみさんは傷ついていると感じました。かなり危ういとも思いました。だから今日、手遅れになってしまう前に急遽《きゅうきょ》カウンセリングをさせてもらったんです」

「彼女は……大丈夫なんですか？」

「もうひとりの自分に悩まされることは、もうないと思います」

「もう、別人格が現れないようにしたんですか？」

「はい。あさみさんは、これまで通り、平穏に暮らしていけるはずです」

安心した愛梨だったが、待てよ、と思い直した。

「でもそれって、武田の犯罪に対して証言が取れないってことですよね？」

武田の犯罪に対しては、もうひとりのあさみは唯一の証人なのだ。そして、笹野の動機にも深く関わっている。

やや、声を荒らげてしまった愛梨に渋谷は毅然《きぜん》と言い放った。

「青山さんは『あなたは知らない間に実はレイプされていたんですよ』と聞かされたらどう思いますか。記憶がなくても、それは心の奥底でくすぶりつづけ、見えない化け物のように大きくなっていく。そしてまた別のトラウマとして彼女を苦しめることになる」

「でも、真相は……」

「僕がお手伝いしたのは、真相を知るためです。落ちなくてもいい闇に、彼女を突き落とすためではない」

「でも、あさみさん本人には何と説明しますか？」

「なにも言うつもりはありません」

即答した。

「でも事件は大きく報道されるはずです。その時、あさみさんは気づいてしまうかもしれません。自分も事件に関わっていたのではないかと。いまこうして催眠誘導をしたのですから、なにかがあるのではないかと知りたがると思います。もし聞いてきたら、渋谷さんはいったいなんと説明するんですか？」

また窓の外に目を向けた。入道雲は東の方に動いている。

「その時は、もうひとりのあさみさんに聞いてみたけど事件のことは知らなかった、と言います。この嘘は、墓場まで持っていくつもりです」

「真実を知りたいと、もし私に聞いてきたら――」

きつい目で睨んできた。

「あなたにはできるのですか。なにも知らない彼女を不幸に陥れ、その後の人生を大きく変えてしまうことが、あなたにはできますか。僕にはできません。影を歩かなくていい人を暗闇《くらやみ》に押し込んでしまうなんて」

　揺るぎない決意を示す渋谷の目を見て、愛梨は悟った。

　渋谷がここにきたのは事件を解決するためではなく、彼女を守りたかっただけなのだ。別の見方をすれば、自分が行った治療の綻《ほころ》びを埋め合わせたかったとも言える。それは自身のキャリアを守ることでもあるからだ。

「ズルいですよ、先生」

　それだけで渋谷は愛梨が言いたいことを理解したようで、黙って頭を下げた。愛梨は、それ以上なにも言えなくなっていた。


　あさみはまだ目を覚ます気配がなかったので、あとを渋谷に任せ、愛梨は吉澤とともに目黒署に向かって歩いていた。

「どうするべきでしょうか」

　想像もつかない状況になってしまい、どう対処すべきかわからなかった。

　吉澤が言った。

「女性として迷うこともあるかもしれませんが、警察官のすべきことはシンプルです。事実を報告する。そのあとどうするかは上が決めることです」

「でも女の立場として渋谷先生が言うこともわかります。真実を知ればかなりの精神的なショックを受けるでしょうし、またトラウマを抱えることになってしまう」

「そうですね……。でもあさみさんが真相を知りたくない、と言っているわけでもない。そもそも、我々に情報を封じ込めておく権限などない」

「確かにそうですが、いまはネットでなにを言われるかわからない時代です。少しでも情報が漏れれば、たとえ身に覚えのないことであっても事実としてついてまわり、一度ネットに上がってしまった情報は消えることがありません。あの街にもいられなくなります」

愛梨は、自分が渋谷の考えに同調しつつあることを感じていた。刑事よりも女にバランスが傾いている。

「我々は罪の重さを判断できる立場ではありませんよ」

吉澤が、珍しく強い口調で言った。

「関わる人が傷つかない事件はない。全ての人たちの感情を考慮して自分が思う結末を迎えられるように情報を制御する……それは思い上がりです。渋谷さんは墓場までその秘密を持っていく覚悟があるようでしたが、刑事は違う。心のどこかに抱えてしまった汚点は、この先消えることなくくすぶり続けるでしょう」

愛梨は返す言葉が見当たらなかった。

「それにね」

ここで、またいつもの柔和な口調に戻っていた。

「真相があとになって明らかになったら、あいちゃんの立場は悪くなる。だから、刑事としての職責を全うする。そうシンプルに考えてほしいな」

吉澤の言うことはまっとうだ。刑事として愛梨が進むべき道を示していて、愛梨が迷って疲弊してしまわないように気を遣ってくれているのが痛いほどわかる。

だが愛梨には自信がなかった。全てを話すにしろ自分の心の中に留《とど》めるにしろ、どちらを選択しても、後悔することがわかっていたからだ。

――人間は過去の選択を後悔しながら生きていく。

渋谷が言った言葉が、重くのしかかっていた。


警察官によるストーキングの果ての殺人。記者会見の予定も組まれ、捜査会議は最後の詰めの作業に追われていた。どんなに原稿を書き直してみても、世間にあたえる衝撃は凄《すさ》まじいものになるだろう。

ざわつく捜査員たちを前に、野田が起立した。

「皆が動揺するのもわかる。だが、全てを公開することでしか国民の信頼を取り戻すことはできない」

すでに警察としてなすべきことが定まっているからか、会議は早々に終了した。起立・礼の後、捜査員たちはざわめきを引き連れて会議室を出ていく。残った幹部たちは書類に目を落とし、真剣な口調で話し合っていた。

愛梨の思考は野田の言葉でいっぱいだった。全てを公開するというのなら、武田の行為についてどう扱うべきなのか……。

吉澤はあれからなにも言わない。自分の考えを押しつけることもなく、愛梨がどちらの選択をしても、きっと愛梨を支持してくれるだろう。

「吉澤さん。私、わからなくなりました。なにが正解なのでしょう」

「正解なんてないよ。だから、どっちも間違いじゃないってことさ」

吉澤は正面に掲げられた日の丸を見ながら体を寄せた。

「だってね、罪を償うべき武田はもうこの世にいないのに、公表してどんなメリットがあるだろうか。将来、同様の犯罪を防ぐための啓発？　でも、その陰で深い傷を負う女性を作ってしまう。そう、ある意味においては、我々が被害者をつくってしまうんだ」

愛梨は余計に迷ってしまった。

「さっきまで逆のことを言っていませんでした？」

「それだけ、正解がないってことさ」

そこに声をかけられた。鑑識の男だ。笹野の携帯電話のスキャンを依頼していた。

男は手にしたクリアファイルをテーブルに置いた。

「最深度までスキャンしてみたが、なにも出なかったよ」

「そうですか……」

書類に目を落としながら愛梨は礼を言ったが、真相が明らかになったいま、正直、そんなことはどうでも良くなっていた。

「だけどな、妙なんだよな」

男はもじゃもじゃの頭を手ぐしで整えながら眉間に皺を作っていた。

「なにが、です？」

「何も出ないってことが、だよ。普通はなにかしら断片が出てきてもいいんだ。それが全く何もない。おそらく５２２０だな」

「はい？」

「アメリカ国防総省の５２２０－２２－Ｍ規格ってやつだ。消去する際に空のデータを七回上書きすることでデータ復旧を不可能にするものだよ。妙なのは、普通ここまでするか、ってこと」

「時間も手間もかかる、と？」

「ああ。笹野は被害者救済ボランティアをやっていたから、〝５２２０〟についても知識を持っていたのかもしれんが、単純に情報を見せたくないのならハンマーで砕いたり、焼いてしまった方が早い。まぁ歳《とし》の離れた若い女を追いかけ回すくらいの変態男だから、偏執的な性格なんだろうけどな」

「なるほどですね……」

笹野の顔写真を眺めながら、別の考えが浮かんできた。

「それか、データは消したいけど、その携帯電話でしか連絡を取ることができない人物がいたために壊したくなかった、とか」

「その可能性はある。ま、通話記録については、すでに通信事業者から取り寄せられている。ほら、笹野と武田の関係を調べるときにな」

差し出された通話履歴が印刷された紙を見ながら、ああ、そうかと愛梨は頷いた。

「武田と連絡を取っていた形跡が見つからなかったってことでしたよね……」

「そういうことだ」

鑑識の男は吉澤と言葉を交わし、帰って行った。

結局、笹野の真相に辿り着いたのは科学捜査ではなく、渋谷のカウンセリングだったということになる。しかし渋谷の目的は真相を暴くことではなく、あさみを守ることだった。武田による暴行も、いまは誰も証明することができない。

なぜか渋谷と話がしたかった。イラつく話し方をするし、自分勝手だ。しかし言い合いでもいい。少なくとも彼と話すことで、自分の考えがまとまるような、この先どこにいけばいいのかを指し示してもらえるような気がした。

それに……もう会えないのかと思うと不安にもなった。

記者会見に向けた最後の調整をするためだろうか。幹部らと共に退出しようとしている野田を見て、唐突に渋谷の言葉が思い出された。

『なぜそこにいるのか、理由がわかっていれば揺るがない』

私が捜査一課にいる理由はなんだ——。

気づけば、愛梨は野田の元に駆け寄っていた。

それは、使命感に駆られてというよりも、真相は明らかにすべきだと走ってきた愛梨自身が、真相を隠す存在になってしまわないかというシンプルな恐れからだった。吉澤の言うとおり、それは今後の刑事人生を変えてしまいそうな気がした。

「管理官、少しよろしいでしょうか」

机を撥《は》ね飛ばしながら駆け寄ってきた愛梨に野田は警戒の色を浮かべた。

「なんだ」

「笹野の動機につきまして補足したいことがあります。できれば、管理官と二人でお話がしたいのですが」

野田は目を細めて真意を探るように見返してきたが、いいだろう、と頷いた。

階下の小さな会議室に入ると、愛梨は窓際によりかかった野田に、渋谷のカウンセリングの結果について報告を行った。自分の見解や感情は出さず、渋谷との間で交わされた会話を淡々と伝えた。野田はひとつひとつの言葉を噛みしめるように耳を傾けていた。

話を聞き終わると、野田はしばらく外を眺めていた。考えを整理していたのかもしれない。愛梨も静かに待った。

「武田は、あさみが解離性同一性障害を発症していたことを利用して暴行をはたらいていた。行為に及んだ後は、本来のあさみの人格に戻し、なに食わぬ顔をする。それを知った笹野は武田を憎み、殺害に至ったということだな?」

「その通りです。殺人には変わりありませんが、動機は単なる嫉妬ではなく、むしろ復《ふく》讐《しゅう》です」

「その、催眠誘導と言ったか。それは証拠として採用できるのか?」

「わかりません。いずれにしろ、渋谷医師は証言台に立つつもりはなさそうです」

野田は眼鏡を外すと、眉間をつまんだ。

「確認だが、笹野の起訴という方向は変わらないな?」

「はい。これは笹野の動機を説明するものであり、犯行の事実は揺るぎません。ただ、内容を考慮して管理官おひとりの耳に入れておきたかったのです」

「このことを知っているのは?」

「渋谷医師、私、それと吉澤警部だけです。あさみさん本人も知りません」

「公表した場合の影響は?」

「笹野は警察官でありながらストーカー行為を働き、武田を殺害したことには変わりありませんので裁判においても大きな影響はないかと思われます。しかし、あさみさんにとっては深刻です。本人の自覚のないことが原因で事件が起こったことになりますが、裁判等では詳細に聞かれることになります。さらにはマスコミの取材、興味本位の詮索。やがてはネットでの本人捜し。かなりの精神的な苦痛を伴う可能性があります」

腕を組んだ野田は、深いため息をついた。

「しかも武田の行為については、本人からも証言がとれないわけだな。渋谷医師が蓋《ふた》をしてしまったから」

「そのとおりです」

野田は愛梨の目を見据えると、ふぅっとため息をついた。

「シンプルに考えよう。笹野の一件、歪んだ感情の末の犯行ということに異論はないな？」

「はい」

「そして、お前はあさみという女性のことを心配している。マスコミの餌食《えじき》になるのではないかと」

「はい」

「わかった。ところで渋谷医師の証言に信憑性はあると思うか？　催眠誘導にしろ、お前は横に立って聞いていたわけではないんだよな？」

「はい。率直に申しますと、渋谷医師は人間としてはよくわかりません。ですが、医師としての能力は高いという証言は得ています。それに、今回の催眠誘導の結果が作り話だとしても彼にメリットはありません」

野田は頷いたあとに眉間に皺をつくった。

「なぜだ？」

「え？」

「渋谷はなぜお前に話したんだ？　彼は公表しないつもりだったんだろ？」

そういえばそうだ。墓場まで持っていくようなことを、どうして喋《しゃべ》ったのだろう。

「話したあとで、気が変わった……とか」

我ながら浅い考えに、図らずも野田は苦笑したが、すぐにまた頬を引き締めた。

「まぁいい。よく報告してくれた。笹野の起訴に向けてはなんら問題はないので、このまま処理を進める。武田の犯行については本捜査会議の趣旨とは異なるのでここでは論議しない。被疑者死亡で進めるにも、証明しようがないからな」

あさみの未来が守られるという安心感もあったが、どこか忸怩《じくじ》たる思いもあった。

すると野田が言った。

「だが、このままにしておくこともできん。捜査すべきかどうかの判断材料を集める。これから笹野を聴取する。青山、お前も来い」


管理官に続いて取調室に入った。座っていた笹野が、テーブルに額がくっつくほどに頭を下げ、向かいに管理官が着席するまではそのままの姿勢を維持していた。

そして、再び背筋を伸ばした。写真で見るよりも、いくらか窶《やつ》れただろうか。

理由はどうあれ、笹野はストーカーであり、殺人犯だ。それなのに、どこか凛《りん》とした雰囲気を感じた。自身の行動になんら疑問を持っていないのだろう。

野田はいくつかファイルを持っていたが、それらを開くことなく、質問を始めた。

それらはすでに聴取済みの内容だったが、なぜか二人のやりとりには、真剣勝負のような張り詰めた空気感が伴っていた。

——事件の際、父親を亡くしてショックを受けるあさみさんを見て、なんとかしてあげたいと思いました。

――その後も、被害者遺族のフォローアップをするという名目であさみさんのことを見守っているうちに、だれにも渡したくないと思うようになってしまいました。

淡々と質問を繰り出しているが、その目に獲物を狙《ねら》う猛禽類《もうきんるい》のような鋭さがある野田に対して、笹野は慎重に言葉を選ぶような節があった。捜査指揮を執る管理官が直々《じきじき》に聴取しているから緊張しているのか……いや、違う。緊張というよりも、証言の綻びを指摘されないよう、神経をとがらせているような印象があった。

突然、管理官が聴取すると言ってくれば、なにかあったのかと思うだろう。笹野は、自分に不利な証拠が出てきたのかと探っているようだった。

野田は背もたれに体を預け、腕を組みながら笹野を観察していた。笹野は終始、姿勢を正して座り、拳《こぶし》をつくった両手を腿《もも》の上に置いている。視線だけは俯き気味で、野田のネクタイの結び目あたりを見ていた。

ちらりと愛梨を窺った野田は両指を組んで机に置く。上半身はやや前のめりになった。

「まだ言っていないことがあるんじゃないですか?」

笹野は一瞬肩を揺らしたような気がした。

「殺したのは私です。警察官でありながら事件を起こし、多くの関係者、そして国民の信頼を裏切る結果になってしまったことを、本当に申し訳なく――」

「そうじゃありませんよ」

野田は遮ると、前傾姿勢をさらに強めてささやいた。

「あなたがやったことは間違いない。だが、なにがあなたをそこまで駆り立てたのか、まだ真相を語ってもらっていない」

笹野は首を小刻みに振り、両肘を机に突いて前のめりになった。まるで、野田を諭さんとするかのように見えた。

「私は彼女を愛してしまいました。多くの時間を共に過ごしたいと思いました。私には夢物語でしたが、武田はそれができていた。嫉妬がやがて殺意に変わってしまったのだと思います」

「本当にそうですか?」

「それは、どういう……」

笹野は困惑の表情を浮かべた。野田は愛梨に目をやると、発言を譲るようなそぶりを見せた。

「笹野さん。捜査一課の青山と申します」

新たな敵の出現を警戒するように、笹野は目を細めた。

「私は、事件を通じてあさみさんと知り合い、彼女の数奇な因果を背負った過去を知りました」

笹野はまだ表情を崩さない。

「今回の捜査に関して、もうひとり知り合った人物がいます。相武医科大学の精神科医で臨床心理士の渋谷先生です。ご存知《ぞんじ》ですよね」

刑事がこういう聞き方をするときは、たいてい根拠がある。それを感じ取ったのか、笹野はあがきを見せることなく頷いた。

「はい。彼女の父親が殺されたとき、犯人の精神鑑定をされた方と記憶しています」

先を促す前に、言葉を続けた。

「その先生が世界的に有名な方だと知り、あさみさんを診てもらえるように手配しました。かなりの精神的なショックを受けていたようだったので」

「そのようですね。調布署の警察官も、あなたはずいぶんと面倒を見てくれていたと記憶していましたよ。しかし……彼女は単なる精神的なショックでしたか？」

「どういうことでしょうか」

「それが今回の事件のあなたの動機に深く関わっているのではないんでしょうか」

「おっしゃっていることの意味がよくわかりませんが」

「解離性同一性障害」

笹野がはっと息を飲んだ。

「あさみさんがその症状を発症していることを、あなたはご存知だったのですよね」

「それが……今回の事件と関係しているのでしょうか」

笹野は愛梨を試すような口ぶりで、立場が逆転してしまったような感覚に陥る。

「武田はその症状を悪用して性的暴行を働いていました。人格が交代している間の出来事は誰にもバレないと思ったのでしょう。しかし誤算が生じます。あさみさんのことをよく知るあなたが遠くから見ていたことを知らなかったのです」

　笹野は目を伏せた。膝《ひざ》の上においていた握り拳は、小刻みに震えている。

「……私は、専門医ではありませんよ。症状が発症しているとか、わかりません」

「普通のひとなら、そうでしょうね。ただ、もともとそういう病をもっていて、過去に治療歴があることを知っていたとしたら？　さらにある程度長い時間、彼女のことを見続けていたら、専門医でなくても様子がおかしければピンと来るのでは？　その病を患っていたことも、発症している時としていない時、それぞれの人格の違いについても、あなたは知っていた。だから気づけたんです」

　なおも喋らない笹野の顔を、野田が覗き込んだ。

「どうなんですか」

　笹野に、ある意味、人間らしい反応が見られた。それまではどこかつくりもののような気がしたのだが、いまは警察官ではなく、本来の自分が出てきたように思えた。

「……ある頃から、あさみさんの様子に変化が現れました。路上でしゃがみこんでいた彼女に声をかけたとき、解離性同一性障害を発症していることに気づきました。武田のところでなにかあったに違いないと思いましたが、普段のあさみさんはそのことを覚えていません。だから、ずっと様子を見守り、もうひとりの人格が現れるのを待ちました。そして、知ったんです。武田に乱暴されていることを」

　悔しそうな、絞り出すような声だった。そのまま体を震わせながら、呼吸を必死に整えるのを待った。

「それで、私は武田医師と話し合うためにクリニックを訪れました。これ以上、あさみさんを苦しめないこと。もし続けるようであれば、警察を動かすと圧力をかけたんです。しかし武田は、単なるストーカーの話などだれも信じない、と言って笑います。むしろ警察官でストーカーの私のほうが立場は悪いだろうと逆に強請《ゆす》ってくるような素振りを見せました。それで頭に血が上り、気がついたら彼を突き飛ばしていました。後ろに倒れた彼は、それっきり動かなくなっていました」

愛梨は気づかれないようにため息をついた。

「このことを隠していたのは、もし言えば、彼女が知らないうちに乱暴されていたことを知り、心に傷を負ってしまうと思ったからです。どうか、このことは言わないでやってください。お願いします！」

頭を下げた笹野の額が机にぶつかり、大きな音を立てた。そして泣いた。それは自分の行為を悔いたというよりも、様々な感情が絡み合い、感極まったといった方がよかった。

9

現職警察官のストーキングに端を発した殺人事件は、連日、ニュースを賑《にぎ》わせることになった。テレビでは野田の記者会見の様子が何度も繰り返された。猛烈なフラッシュの中、野田は瞬《まばた》きもせずに事実を淡々と語った。ひとつひとつの言葉に自身の揺るぎないポリシーが込められているような、重くも、歯切れのよい話し方だった。

そのなかに、あさみの名前は出なかった。

現職の警察官が『ある女性』をストーキングの末、武田に対して一方的に嫉妬《しっと》し、犯行に及んだと公表された。それだけで十分、衝撃的だった。いくつかの週刊誌は被害女性を突き止めようと動いていたようだが、あさみの元までマスコミから探りが入ることはなかった。渋谷の覚悟が、彼女を守っているように思えた。

しかし、愛梨には気が重いことがあった。

それはあさみから連絡がはいったことだ。

どうやらあさみは、報道を見るなどして、武田の事件になんらかのかたちで自分が関《かか》わっているのではないかと感じているようだった。

催眠誘導までされたのだ。もうひとりの自分がなにを証言したのか、気にならないはずはない。恐らく渋谷には聞いたのだろうが、彼はなにも言わなかったのだろう。それで愛梨に連絡をしてきたのだ。

愛梨は迷った挙句、あさみには本当のことを話そうと思っていた。もちろん様子を見ながらだが、本人が真実を知ることで前を向けるタイプの人間であれば、隠すことはかえって彼女の心の中に影をつくってしまうような気がしたからだ。

そしてただ真実を語るだけではなく、これからは私が守っていくのだと決めていた。あさみが幸せを見つけるまでフォローするつもりでいた。

まるで笹野のようだな、と愛梨は客観的に自分を見て苦笑した。

捜査本部は、大部分が解散となり、残務で一部が残るだけになった。愛梨も、この事件で目黒署に来るのは今日が最後になる。有賀をはじめとする班員はすでに本庁で在庁待機に入っており、愛梨も荷物を引き取ったあとは、桜田門に戻る予定だった。

紙袋を両手に下げた愛梨の前を、ダンボール箱を抱えた吉澤が歩いている。駐車場に出ると、愛梨は吉澤を追い越し、車のトランクを開けた。

ここまで、ひとことも喋《しゃべ》っていない。どこか寂しそうだった。

「おと……吉澤さん。お世話になりました」

かつては、自らもそう名乗っていたのが不思議な感じがした。

「あいちゃんも、いままでおつかれさまでした」

「こちらこそ、本当にありがとうございました」

「またこうやって一緒に仕事ができるといいけど、そう願うのは事件が起こるのを待つことにもなるから、不謹慎だよね」

愛梨は苦笑する。

「事件を待たなくても、ふつうに誘ってください。先輩から教わりたいことがたくさんあります」

吉澤の目がうるうるとしていた。

「なんかね、正直に言うと、あの渋谷先生と行動するようになってから、あいちゃんは自分らしさを出せているような気がしてさ、遠くに行っちゃったような気がしていたんだ。それでも、また飲みに行ける機会があると思うと嬉《うれ》しいねぇ……」

このままでは鼻水まで流して泣き出しそうだったので、早々に退散することにした。

署内で数人に挨拶《あいさつ》をして回り、ふたたび駐車場に戻ってきた。

トランクに詰め込んだ荷物の上に、羽織っていたジャケットを投げ入れる。

終わった、いや、まだだ。一番大きな仕事がある。それは、あさみに真相を告げることだ。

これは、私にしかできない。

そこで、こつんと頭になにかを当てられたような気がした。もちろん、本当にそうだったわけではないのだが、小さな違和感が脳の中で転がっているようだった。その正体がわからない。思い出せそうで思い出せない懐メロの歌詞のような気持ち悪さ。焼けるような熱を持ったトランクを閉め、夏空を見上げた。

なによ、いったいなにが気になるのよ……。

もやもやとした気持ちを抱えながら車をスタートさせると、中目黒に向かった。

コインパーキングに車を入れ、駅の方へ歩く。花屋が見えてきた。あさみはいるだろうか。

立ち話で話せる内容ではないが、本人が望むならこの場で話してもいいし、後日でもいい。いずれにしろ夜は避けた方がいいと思っていた。話を聞いた後に眠れなくなるかもしれないから。

そんなことを考えながら、まずは笑顔をつくり、店を覗《のぞ》き込もうとした時、いきなり腕を引かれた。条件反射的に護身術を発動しそうになるが、見ると渋谷だった。

「ちょ、ちょっとなにをするんですか」

渋谷はあたりを見渡すと、愛梨の腕を摑《つか》んだまま、路地へ入っていく。

「なんなんですか！」

いい加減にしろ、と振り解《ほど》くと、渋谷はなにかを言いかけて、また歩きはじめた。愛梨は後を追う。

「渋谷さん、どうしたんですか！」

今度は愛梨が腕を摑んだ。振り向かせて睨《にら》みつける。渋谷は俯《うつむ》いて視線を逸《そ》らすと、目黒川を覗き込むように、手すりにもたれかかった。

「渋谷さん？」

どうも様子がおかしかった。

「青山さん。あさみさんに話すんですか」

そういうことか。墓場まで持っていくと決めた秘密をあさみに話されたくなくて見張っていたのか。

「ええ。そのつもりです」

「いけません。どうかやめてください」

「確かに、女としては迷いましたよ。知らない方がいいと思うひともいるでしょう。今回は、殊《こと》に特殊な状況ですから。しかし彼女は真実を知りたがっているんです」

ここで息を整えた。

「渋谷さん。あなたも実は話したかったんじゃないんですか。『墓場まで持っていく』と言っていたことを私に話したのはなぜです？　本当にそうしたいのなら自分ひとりで抱えていればいい。つまり、あなたは嫌な仕事を私に押し付けたんですよ」

「確かに……そうかもしれません。あなたなら話してもいいと思ったのは、直感というか、あなたはあさみさんに信頼されていたからです。ある意味この僕よりも。だから、真相を預けてしまえば誤解なく伝えられるし、自分も楽になる。その打算はあったかもしれません。でも――」

渋谷は愛梨と真正面から向き合った。その目は、恐ろしく真剣だったので、愛梨は思わず唾《つば》をのみこんだ。

「でも？」

「でも、あさみさんには言わないでください」

「なにを言っているんですか。私だってこんなこと言いたくない。しかし、私は刑事なんです。彼女が知りたがるのであれば、しっかりと伝えます。その上で、これからどうするのかを見定めて必要なサポートを行います」

渋谷は話の途中から首を左右に振っていた。

「違うんです、違うんですよ」

「なにがですか。カウンセリングに失敗していた？」

「いえ、違います」

「さっきから違う違うって、一体なにを言いたいんですか」

声が荒くなってしまい、トイプードルを連れていた通りがかりの中年女性は、我が子を危険から遠ざけるように、愛犬を抱えて来た道を戻っていった。

「僕はまだ、全《すべ》てを知ったわけじゃなかったんです」

「はぁ？　なにを言っているんです」

「自分でもわからないんです。それをはっきりさせるには、あなたの力が必要なんです」

愛梨の頭は混乱を極めていた。まずはこっちが、はっきりとしておきたい。

「ちょっと確認させてください。笹野は武田を殺害した犯人ですか？」

「僕は捜査は専門外です。警察の方がそうだとおっしゃるなら、間違いないと思います」

よかった、というのもおかしな話だが、ここでひっくり返されると困る。

「じゃあ、武田があさみさんに暴行を働いていたことは？」

「それも事実だと思います」

「じゃあ、なんなのですか」

愛梨はイラついた。やはりこの渋谷という男、直人と同じで人を怒らせる天才だ。

「どうご説明すればいいのか……」

渋谷はしばらく考え込んでから、言葉を絞り出した。

「先日、僕があさみさんをカウンセリングした目的はふたつ。人格障害の症状を抑えること。それと笹野さんの本当の動機を調べるためです」

ここまではいいか、と目で聞いてくる。愛梨は頷《うなず》いた。

「カウンセリングでは、もうひとりのあさみさんが見聞きしたことを聞いて、組み立てていきました。そうすることで武田がしたことを浮かびあがらせることができた。ちょうど、パズルのピースを繋《つな》いでいくような作業です」

また愛梨は頷く。

「ところが、ピースの繋ぎ方を変えてみたら、また別の『絵』が現れたとしたら？」

「ちょっと、そこからわかりません」

「あの絵、『陽《ひ》のあたる場所』を思い浮かべてください。真っ黒に塗られただけの絵なのに、そこに意味を見出《みいだ》せる人たちがいる。それぞれが違う目線で見ることで、真っ黒な絵が別の見え方をしてくるからです」

「あの絵の答えに、私はまだ辿《たど》り着いていませんが」

芸術への造詣《ぞうけい》がないことが理解を阻んでいるのだと言われているようで愛梨はいらついた。要点をさっさと言えと睨んだが、渋谷はまだ険しい顔だった。そして意外なことを言った。

「五年前の事件」

「あさみさんのお父さんが殺害された、和泉多摩川の事件のことですか？」

「はい。今回の事件はそこまで遡《さかのぼ》らないと、本当に理解したことにはならないのかもしれない、と。僕がいま漠然とした不安を抱え、あなたにはっきり言えないのは、そういうことなのです」

「え、だって……え？」

愛梨は混乱していた。

「僕なりに調べ、はっきりとわかったらお知らせしようと思ったのですが、和泉多摩川の事件に関わった方から話を聞こうと思っても、事件関係者に知り合いがいなくて」

「なにが知りたいんですか」

「わかりません。なにがパズルのピースなのかわからないので、もやもやが募るばかりで的確に説明できません」

　半信半疑だった。渋谷の口から出るのは「わからない」「もやもや」「漠然とした」などばかりで、なにがしたいのかが全く伝わってこない。ただひっかきまわして楽しんでいるだけのようにも見えてしまう。

「医者のくせに、論理的に表現できないんですか？」

「すいません」

　素直に頭を下げた。ぺこり、といった仕草に調子を狂わされてしまう。

「でも、刑事さんでもありませんか？　同じようなことが」

　愛梨は、ついさっきまでそんなように感じていたことを思い出した。が、それは見せないでいた。

「とにかく、事件は解決しました。笹野の動機を知る上で渋谷さんには大変お世話になりました。ご協力、感謝しています。でも私は、あさみさんに真実を話すと決めました。これ以上、掻《か》き回さないでください」

　頭を下げ、自分の決意を示すように背を向けた。

「解決していないんですよ」

　愛梨は無視して歩き続けたが、次の言葉で足を止めた。

「五年前の事件、あれは冤罪《えんざい》なんです」

　愛梨は半ば呆《あき》れた顔をする。

「なにを言い出すんですか。精神鑑定をしたのは渋谷さんですよ」

「僕は精神鑑定をし、責任能力はないと判定しました。しかし犯人かどうかを決定したわけじゃありません」

　責任逃れか！　と怒鳴ってやりたくなったが、確かにそうとも言える。

「笹野さんと話をされましたか？」

「ええ」

「どんな印象を持たれました？」

「ストーカーです。それ以上でも以下でもない。ましてや警察官でもない。前に渋谷さんも言っていましたよね？　ストーカーは自己愛が強い人物だって。まさにそれです」

「僕もいちどだけ、笹野さんとお話ししたことがあります。五年前の事件で。ほんの少しでしたけど、あの人はものすごく論理的な思考の持ち主だと思いました……」

　携帯電話が鳴り、ディスプレイを見ると、有賀だった。

　しまった。戻りが遅くなると連絡していなかった。

「班長、すいません。いま中目黒の――」

『笹野が新たな自供をはじめた！　五年前の事件、和泉多摩川で白井智秀を殺害したと言っている』

　心臓が止まってしまったかのような思いだった。

「そ、そんなばかな」

動揺する愛梨を、渋谷は見通していたかのように目を細めて見ていた。

『どうやら、白井あさみに近づくために父親を殺害したようだ。笹野の再逮捕に向けて捜査本部も立て直される。いいか、お前も……。お前、いまどこにいるって？』

「中目黒です」

『よし、そしたらすぐに――』

「班長、すいません。掛け直します」

『ちょ、待て、おい――』

愛梨は電話を切ると渋谷に詰め寄った。

「これはどういうことよ！」

「笹野さんのことですか？」

「ええ、あさみさんの父親を殺したのは自分だと」

「そうですか」

「そうですかじゃないですよ！　なぜ知ってたんですか⁈」

「わかりません」

「さっきから、わからないばっかり！　誤魔化さないで教えてください！」

渋谷は渋面をつくり、そして、懇願するような目を向けた。

「だから、お力を借りたいんです。『わからない』を消すために」

渋谷をどこまで信じていいのかわからなかった。信じた先に、答えがあるのだろうか。

だが、渋谷は愛梨では見られない世界を覗けてしまう力を持っているようにも思えた。描いた絵の裏側といえばいいのか。

刑事と精神科医。目に映るものを愚直に追求する愛梨とは根本的になにかがちがう。嚙《か》み合わなくて当たり前なのだろう。ならば寄り添うことも必要かも知れない。

再び着信があり、見ると有賀だった。

『おい、コラ、切るなよ』

「はい、すいませんでした。あの、いま渋谷医師と一緒にいまして」

『なんでだ。もう終わっただろう』

「そうなんですが」

愛梨は渋谷に背を向けると、口元を手で覆った。

「実は、五年前の事件が冤罪であることを予見しておりまして、それでいま班長から連絡をもらって驚いていたところなんです」

『えぇっ？　なんなんだ、そいつは』

「正直、得体が知れません」

『他に情報を持っていそうなのか』

「それを探っているところです。我々の知らないことを知っていそうな気がします」

『わかった。お前はそいつに張り付いていろ』

「了解です。それで、笹野のほうはどうですか」

『事件のことについてかなり詳細に語っていて、齟齬《そご》はない。しかし』

「もともと捜査資料を読んでいるかもしれませんよね」

『そういうことだ。それに自供するならもっと早くても良かっただろう。なぜ今なのか。捜査資料にない、真犯人しか知らないことでも供述すれば別だが、まだ不自然だから、笹野は笹野で何かを企《たくら》んでいるのかも知れない』

「しかし笹野にとってなんのメリットがあるんでしょうか」

『現時点ではなんとも言えん。いずれにしろ、特に疑う余地がなければ再逮捕に動くだろう。その医者がなにか知っているなら聞き出せ。怪しければこっちに引っ張ってこい』

「了解です」

愛梨は携帯電話をしまうと呼吸を整え、ちらりと渋谷を窺《うかが》う。

渋谷は間違いなく、なにかを知っている。しかしその情報はまだ不完全で、警察の力が必要だという。

さて、どうするか。

愛梨は現状を俯瞰《ふかん》してみて、ここは渋谷を動かしたほうがいいかもしれない、と思った。

「渋谷先生、守秘義務についてはご存知《ぞんじ》ですね？」

「ええ、すでに機密保持に関わる誓約書にサインし、提出しています」

「では、明石さんはご存知ですか？」

「いえ。どなたです？」

「当時、和泉多摩川交番にいた地域警官で、現在は高輪署に異動になっています。犯人、と呼んでいいのかわかりませんが、彼とも面識があります」

「タカシくんと？」

「ええ。タカシは、明石さんには心を開いていたようです」

「ぜひお話を伺いたい。お会いできますか」

愛梨は顎《あご》をしゃくって、コイン駐車場の方向を示した。

「車に資料があります。高輪署までの十分間に読んでください」


資料を熱心に読む渋谷を乗せ、高輪に向かった。山手通りの混雑で、到着までやや多めに時間が必要だったが、次々にファイルをめくる渋谷にとっては良かったようだ。

「明石さん、どうも」

「ああ、青山さん。どうされました？」

突然の再来訪にも拘《かかわ》らず、明石は変わらぬ笑顔で迎えてくれた。

「こちらは精神科医の渋谷先生です。タカシの精神鑑定をされた」

意外な来客に、明石はひとこと、ほぅ、と唸《うな》った。どこか勘《かん》ぐるような顔だ。

「渋谷と申します。突然に申し訳ありません。実は和泉多摩川の件で伺いたいことがいくつかありまして」

「なんでしょう」

「現在、タカシに冤罪の可能性があります。先日、自首した笹野が、白井さんを殺害したのは自分だったと自供をはじめているんです」

「なんですって?」

驚きの目で見てくる明石に、愛梨は頷いた。

「そんな……タカシは、殺人犯ではないと?」

「まだわかりません。青天の霹靂《へきれき》といいますか、われわれも少々混乱しておりまして。まずは情報をいちから整理してみようと、こうして伺った次第です」

「なるほど、しかし、なにからご説明すればいいのか」

「あの、すいません」

渋谷が小さく手を上げた。

「資料を読ませていただいたのですが、これを見る限り、タカシ以外に犯人がいると疑うだけの隙《すき》はありません。あるとしたら、ここ。どういう意味でしょうか」

渋谷が机の上に並べられた資料の一点を指で示した。それが小さかったので、愛梨と明石は頭をくっつけるようにして覗き込んだ。

「〝明石巡査部長からの申し送り、未達〟とありますが」

そんなところまで目を通していたのか、と愛梨は見逃していた自分に舌打ちした。

「ああ、これか」

明石は頷いた。

「血を浴びた男が歩いている、という通報を受けて、私は新人と共にその男を確保するために向かいました。それがタカシです。その後、多摩川で死体が発見されたと報告があり白井と対面しました。そのときに違和感があったので、報告していたんです」

「違和感といいますと？」

「血ですよ」

そう言って、自らの胸のあたりを示した。

「タカシは白井の血を浴びていたのですが、白井の遺体を見たとき、血の滲《にじ》み方に不自然さを感じたのです」

資料を見直し始めた渋谷に明石は言った。

「私の『違和感』はそこには記録されていませんよ。でも検視報告書はあるのでそっちを見てみてください」

渋谷が当該ページを開いた。

「白井の致命傷は後頭部への打撃となっていますので、白井を後ろから襲ったことになりますが、立っていれば白井の血は背中を伝って下に落ちるはずなんです。水平方向に飛び散るとしても出血量全体からしたらそんなに多くない。しかし、タカシのシャツにはべったりと付着していました。ほら、こんなふうに」

三ページ先の写真を示した。タカシが着ていたシャツで、確かに明石の言うとおりだ。

愛梨はこめかみを指で刺激しながら言った。

「殴ったあと、後ろ向きに倒れてきたところを抱え込んだとか？　そしたら血液が付着してもおかしくないですよね？」

「ええ、実際そういうことになったのですが、ここを見てください」

シャツの写真、その一部分に無骨な指が置かれた。

「斑点状《はんてん》になっているのがわかりますか」

首の下あたりはべっとりと濡《ぬ》れているが、その周辺は斑点模様が見られた。

「鑑識にも調べてもらったのですが、これは血が真上から落ちてきたときにつく模様だそうです」

明石の違和感がなんなのか、愛梨にもわかってきた。

「二人の位置関係がよくわからないということですね？」

「その通りです。タカシに聞きたくとも、本人からは供述がとれない」

渋谷が頷いた。

「タカシくんの自閉症はかなり重いものでした。ごく簡単な受け答えもできない状態です。彼ができる意思表示の方法は、奇声や手足をばたつかせるくらいです。その意図を理解できるのはお母さんくらいでしょう。理路整然とした聴取などは不可能です」

「ええ。ですから『未達』で処理されたんです。タカシを疑わない材料の方が多かったので」

愛梨は腕を組み、天井を見上げながら頭を整理していた。

「状況から考えますと、タカシが現場にいたのは間違いありませんね。しかし笹野はどう関わるのでしょうか。笹野はあさみさんに近づく口実として白井を殺害したと供述していますが、第三者であるタカシがいる状況で犯行に及ぶでしょうか。そんなことをしてどんなメリットが……」

あ、あった。

この段階で思い付く答えはひとつしかない。渋谷がその意味を嚙みしめるように、顔をしかめながら言った。

「タカシを利用したということですね。被疑者不在で徹底的に捜査されるよりも、供述ができない人物に罪をなすりつけられればその方がいい。バカな精神科医は、まんまと『責任能力なし』と診断し、裁判も早く終わる。僕もまた、利用されていたということです」

渋谷は、無念の表情を隠すように背を向けた。

「しかたないでしょ、医者なんだから。犯罪を認定することが仕事じゃないんだもの」

愛梨はあえて明るく言ってみたが、実際そうなのだ。むしろ、警察のほうが笹野の罠《わな》にまんまとはまったことになる。

「しかし……そうなると、なぜ今になって自供したかが謎《なぞ》ですよね。黙っていればわからないのに」

背を向けていた渋谷が振り返った。

「そうですね。しかし、人間は意味のないことはしません。そう見えたとしても、潜在意識的には自分の欲求を満たすために行動しています」

明石が首をかしげる。

「良心とか？　それとも、ずっと重荷に感じていて、気持ちを楽にしたかったということでしょうか」

「それもあり得ますが……なんでしょう。笹野さんは中目黒の件も含めて罪を告白しているのに、その動機や告白やタイミングがいまひとつピンときません」

愛梨は、うーんと唸る。

これまでいくつかの殺人事件に接してきた。そのなかで『あの人が事件を起こすなんて信じられません』という声をいくつも聞いてきた。人を殺す人はまた、人にはわからない。

「渋谷さんに限らず、『先生』というのはなんでも型にはめようとされる。教科書に載っていない人間もいるのではないですか」

今度は渋谷が唸った。

「それは確かにそうですね。失礼しました」

とは言うものの、愛梨自身も渋谷と同感だった。笹野が罪を犯しているのは間違いないのに、笹野が敷いたレールを走らされているような気がするのだ。

その行き先が正しいのかを検証するには、渋谷と一緒に列車に乗っている必要があるのだろう。

「渋谷さん、他になにか聞いておきたいこととかありませんか。『もやもや』は晴れましたか」

「いえ、まだ晴れませんが」

ここで明石に向き直った。

「それでも随分と貴重なお話を聞くことができました。ありがとうございます」

いったん目黒署に戻るかと、机に並べられた資料を片付けていたときだった。愛梨は一枚の紙を抜き出す。それは、鑑識から渡されていた笹野の着信履歴だった。

吉澤が用意してくれた和泉多摩川の事件のファイルは、うっかりどこかに出しっぱなしにして吉澤に迷惑をかけたくなかったので、常にバッグに入れて持ち歩いていたが、そこにこの紙を仕舞ったときに混ざってしまったようだ。

役には立たなかったが、ちゃんと整理しておかなければ。

そう思った時だった。

「あれ？」

愛梨は自身の携帯電話を取り出して確認する。間違いない。

「どうしました？」

愛梨は渋谷の問いかけに答える余裕がなかった。それだけ混乱していたのだ。

「青山さん？」

もう一度声をかけられた。

「この番号なんですけど」

「これが？」

「これ、あさみさんの番号です。どういうことですか？」

愛梨は困惑の表情を渋谷に向ける。

「笹野さんがその気になったら、警察の力で調べることも可能ではないのですか？」

「いえ、これは着信履歴です。あさみさんは、笹野のことを、時々顔を見るくらいで名前も知らないんですよ？」

「じゃあ、花屋の顧客リストにあるとか」

「そういうことは言っていませんでした。それに、なんの用事があるんですか」

「僕に言われても……」

それはそうだ。しかし、なぜだ。

「明石さん、どうもありがとうございました。我々はこれで」

「いえいえ。またしても慌ただしいお別れですね」

明石の見送りを丁重にお断りして、車に乗り込む。

「ナカメに戻りますよ」

「青山さん、まさか」

「あのことはまだ言いませんよ。電話の件を聞きたいだけです」

コインパーキングを探す時間すら惜しくて、愛梨は車を中目黒交番の目の前に停《と》めると、花屋へとびこんだ。

　花の手入れをしていたあさみは、びっくりした拍子に菊の花を切り落としてしまった。

「愛梨さん、ど、どうしたんですか？」

　前のめりの愛梨に、あさみは戸惑っていた。

「ねえ、笹野に電話したことある？」

「え、いえ、ないですけど」

「ちょっとその、携帯電話を調べてもらえる？　発信履歴よ」

　あさみは事情を飲み込めないまま、自身のスマートフォンを取り出した。

「この番号にかけてない？　先週の木曜の夜なんだけど」

　それは事件の前日であり、あさみは武田クリニックに花を配送したと言っていた。電話はその日の夜にかけたということになる。

「私、あまり電話はしないので……あ」

　愛梨も画面を覗き込んだ。あった。

「これ、どんな用事で電話をしたの？」

「いえ、記憶が、ないです。私、だれかに連絡するときは、たいていアプリの無料通話を使うので、直電することなんて」

　後ろから渋谷が顔を出す。

「ひょっとして、僕らが思っている笹野と、あなたが思っている笹野は違うのかな？」

愛梨は手帳から笹野の写真を出した。

「この人でいいのよね？」

「はいそうです。でも先生、この方の電話番号を聞いたことがありませんし、さっきも言いましたが、そもそも電話をするということがないので……先生？」

愛梨はあさみの視線を追って振り返ると、渋谷は背を向けていた。額に手を当てながら、そのまま、よろよろと外に歩いていく。まるで洞窟《どうくつ》で迷った探検家が、一週間ぶりに外に出たかのように空を見上げた。

「ちょっとごめんね」

困惑顔のあさみに断って、渋谷を追いかける。

「どうしたんですか」

その表情を見て、彼の中でなにかが繋がったのだと直感した。

「わかったんですか？　もやもやの正体」

「はい、わかりました。仮説ですが、全て繋がります……ああ、なんてことだ」

とてつもなく疲弊しているように見えた。

愛梨が、それはなにかと問う前に機先を制された。

「お願いがあるんです」

「また？　彼女はどうするんです？」

あさみに目をやりながら言った。

「出直します。次は、ちょっとハードですけど」

どういう意味だ？

「そろそろ本気で教えてくれますよね？」

渋谷は頷いた。

「その前に、彼女が不安にならないように声をかけておいていただければ幸いです」

不安にさせているのはお前だし、その不安を取り除くプロフェッショナルなのではないのか？

愛梨は渋谷を睨みつつ、あさみの元に戻る。

「あさみさん、ちょっと調べたいことができたので一旦《いったん》戻りますね。もしなにか思い出すようなことがあったら、いつでも電話してね」

「はい……」

すっかり不安そうだ。

「もうひとりの私が……電話を」

「ええ、その可能性もあるわよね」

愛梨もそう思っていた。やはり、もうひとりのあさみは笹野を知っているのだ。そしてなにかの秘密を共有している——？

不安そうなあさみにどう言えばいいのか迷ったが、結局は正直に言うことにした。

「これがなにを意味しているのか、それとも意味がないことなのか、私にもわからないの。

でも約束する。わかったことはかならず教えるから」

「私、なんだか怖いです。もうひとりの私がなにかしているんじゃないかって。それにこれ」

スマートフォンを差し出した。

「これは指紋認証です。彼女はこの電話を自由に使えるから、中身を全部見られているかも知れない。それでなにかしていたら……。先生に、もう出てこないようにしてってお願いしたのに……怖い」

愛梨はあさみの手をとった。

「この履歴はカウンセリングの前のものだから、いまは大丈夫。ね、また来るから」

あさみが頷くのを見届けてから、愛梨は花屋を後にした。

愛梨は、渋谷と共に車に乗り込むやいなや詰め寄った。

「さあ、吐いてもらいましょうか。これ以上、曖昧《あいまい》に逃げることはやめてください。仮説でもいいので。さあ、言え」

いまや、愛梨にとってあさみは可愛《かわい》い妹になっている。彼女を本気で救いたいと思っていた。

渋谷は面食らったようだったが、ふっと息を吐いた。

「ここ最近、やたらとあの絵がちらつくんです。ご主人の絵ですよ」

「元です」

そうでした、と頭を下げた。

「どうにも落ち着かなかったのですが、あの絵はこの事件について、あることに気付かせてくれました。そして明石さんからお話を伺って確信しました。僕は表面的なことしか見ていなかったということを」

愛梨はハンドルを摑んで身体をよじると、渋谷に向き直った。

「それって、どういうことなんですか」

渋谷は胸ポケットからICレコーダーを取り出すと、それをアームレストの上に置いた。しかし、大切そうにまだ手で覆ったままだ。

「ここに、先日、あさみさんをカウンセリングしたときの音声が録音されています。ここから先、お伝えするべきかどうか迷いました。いや、まだ迷っています。これから真相に辿り着いたとき、あなたがどうされるのかわからなくて」

どういうことだ？

「この前、渋谷さんが言っていたことは間違っていたんですか？」

「僕がお話ししたことに嘘《うそ》はありません。ただ、全てをお話ししていたわけではないんです。いや、できなかった」

渋谷はICレコーダーを撫《な》でながら、ゆっくりとした口調で話し始めた。

「僕は催眠誘導によって、深層心理に語りかけ、もうひとりのあさみさんとお話をしました。しかし彼女は理路整然と話をしてくれたわけではありません。同じことを繰り返したり、単語を意味なく並べたり。擬音のような言葉だけを発しているときもありました。その雑多で膨大な情報を分類し、関係がありそうなものを繋げていってできあがったのが、先日のお話です」

「まさか、渋谷先生の想像が含まれていた……？」

「いいえ。そこには細心の注意を払いました。主観を入れず、あくまでも彼女自身が語った言葉を並べ替え、ひとつの出来事に紡《つむ》いだだけです」

では問題なさそうだが。

「教えてください。あそこで、なにがあったのですか」

渋谷は腰を浮かし、愛梨に向かって座り直した。突き刺さるような視線と、決意めいた声。これまでの、ちゃらんぽらんとした渋谷には見られなかった態度だった。

「全てを知る、覚悟はありますか」

「もちろんです」

愛梨は即答した。しかし、窺い見た渋谷の顔は苦渋に満ちていた。

「いいえ。刑事としてではなく、ひとりの人間として、そして女性として受け止められますか？」

「どういう意味ですか」

「これを知ると、あなたは苦しまれると思うのです。立場的に」

「刑事として迷うということですか？」

「ええ。秘密を墓場まで持って行く。僕は、これを簡単に言うことができますが、あなたは違う。法律を背負っているから」

なにが待ち受けているのか、愛梨には想像ができなかった。

しかし、たとえ苦しむことになろうとも、真相を知る機会を逃すのは間違っているように思えた。これは刑事としてというよりも、愛梨という人間として。

「教えてください」

渋谷は再び前を向くと、深いため息をつき、ＩＣレコーダーの再生ボタンを押した。


小さなスピーカーではささやくような声までは再生できていなかったが、ホテルの一室の、どこか張りつめた雰囲気を思い出すことはできた。

『心配しなくても大丈夫、ふかーく、降りていきましょう……』

渋谷だ。落ち着く声で、覚醒とも睡眠とも違う領域に意識を誘導していく。

催眠誘導は信頼関係や声、言葉のどこかに、少しでも違和感があったなら成立しない綱渡りのような状態なのだろう。

録音なのに、愛梨は静かに唾をのみこんだ。

『せん……せい？』

『あさみさん？　どうぞ、こちらへ。おひさしぶりですね。よく来てくれましたね』

細く小刻みに揺れた声だった。商店街で出会ったもうひとりのあさみだ。

渋谷は安心させるためか、それとも確認するためか、しばらく二人だけが知っている話を続けていた。その多くが出会った頃のことのようだった。不安げだったあさみの声にも、陽だまりのような柔らかさが現れている。

しかし、武田のことに触れないわけにはいかない。クリニックで乱暴された時のことに話がおよぶと、叫び声と嗚咽《おえつ》が激しく混ざりあった。

渋谷の手が愛梨の手を覆い、ハッとする。

愛梨は無意識に両手を握りしめていて、爪《つめ》が食い込んでいることに気づかなかったのだ。手のひらを広げてみると、くっきりと爪の痕《あと》が残っていた。

冷静になり、そこで語られていることに耳を傾ける。

内容は渋谷の言う通りだった。時系列がバラバラで、何度も同じシーンを繰り返していることもある。その時の様子が思い出されるのか、悲鳴をあげることも。

ホテルの隣室で聞こえたあの悲鳴だ。

渋谷が再生を停止させると、これまで魔法がかけられていたかのような呪縛《じゅばく》が解け、一気に脱力感が押し寄せてきた。

「これを聞いて、どう思われますか」

真っ先に自覚したのは武田に対する憎悪の念だったが、あさみにフォーカスする。

「確かに支離滅裂な感じはしましたが、渋谷さんから聞いた話に間違いはないように思います。これの……どこが気になるんですか」

「リフレインです」

「繰り返している部分のことですか」

「ええ。特に襲われるところは、似たような表現を何度も繰り返しています。相手の息遣いであるとか、匂《にお》い、そして苦痛などを、自分のボキャブラリーを尽くして語ってくれています」

「一度では……ないんですものね」

「ええ。ふたりのあさみさんは記憶を共有してませんから、裏のあさみさんは武田のところに行きたくないのに、表のあさみさんは恩人だと思って行ってしまいます。何度も、何度も。似たような表現をしているのは記憶の混濁、そしてボキャブラリーの欠如による類似した表現。いわゆるノイズのようなものだと思いました」

　なるほど、と愛梨は頷いた。

「そこに、違和感があったんです」

「そこって……どこがです？」

　渋谷はひとつひとつの言葉を噛みしめるように吐き出した。

「彼女が言っていたことは、実際に起こっていたことです。しかし、もしそれが異なる記憶だったら？　別の日、別の場所での記憶が混ざっていたとしたら？」

　どういう……ことだ？

「あさみさんは別のことも話してくれていたのに、僕は、気づけなかった……」

そこで、はっとする。

「ちょっと待ってください、まさか、あさみさんは武田以外にも乱暴されていたということですか？」

頷く渋谷の表情を見ていると、かなり苦しんできた様子が見て取れた。

「僕は改めて彼女の言葉ひとつひとつを抜き出し、繋ぎ合わせてみました。ノイズではなく、ひとつひとつが独立した事実のかけらだったとしたら。繰り返していたのではなく、別の記憶を語っていたのだとしたら……。そうやって組み立て直すと、もうひとつの記憶が現れてきたんです。そして、それは今回の事件の発端にもなったのかもしれない」

「なにを言い出すんですか」

「僕の仮説、聞きたいですか？」

「ようやく話す気になりましたか」

「話したかったんですよ。でも――」

「でも確証がなかった。ですよね？」

「ええ、そうです。決して軽はずみに言えることではなかったので」

「ということは、いまは確証が持てた？」

「実は、まだそういうわけではありません。しかし、確かめるためにはあなたにお願いしなければならないことがあって、そのためには僕の考えを話さなければならない。それだけ、大変なことを、あなたに……」

渋谷が真剣な顔をしたので、愛梨は緊張した。

差し出された紙。書き殴られたもので、これまで出てきた関係者が四方八方に書かれている。考えを整理するためなのか、それぞれが幾重にもなった線で結ばれていた。

「お願いしたいことは、これなんです」

渋谷の爪の先にあるアルファベット三文字を見て、はじめは意味がわからなかったが、徐々に彼の言う大変さの意味がわかってきた。

これって……全てをひっくり返すつもりなのか？

渋谷は愛梨の目をまっすぐに見つめながら、決意を込めた顔で頷いた。


翌日、あさみの昼の休憩時間に合わせて、代官山《だいかんやま》のカフェで待ち合わせることにした。あさみは愛梨よりも先に到着していて、週刊誌の占いコーナーを眺めていた。

「お待たせしちゃったかしら」

「いえいえ」

「昨日はバタバタしてしまってごめんなさい」

「いえいえ」

可愛らしい笑みを浮かべながらまた言った。

脇に寄せられた週刊誌を見て笑う。

「占い見てたけど、それって先月号じゃない？」

あさみもクスクスと笑いながら頷く。

「はい。答え合わせをしていたんですよ」

愛梨は合点して、また笑った。

「それで、どうだった？」

「全然外れです。特に恋愛運。愛梨さんは？」

「ちょっと見せて」

愛梨はみずがめ座を確認する。

〝心を掻き回すような存在が出現するかも?!〟

んー、あいつのことだろうか。

「あたってなくはないかもね」

それからしばらく、ＯＬのような話をして盛り上がった。

あさみがチーズケーキの先端をフォークで削り取り、口に入れた。それがなくなるのを見計らって愛梨は切り出した。

「私は刑事だから、たとえ辛《つら》いことであっても、真相を突き止めたいと思うの。でも、もし自分や自分の大切なひとに関してだったらどうするか。正直、自信がない。自分に関することは、その後の人生に関わってくるから」

あさみは愛梨がなにを言わんとしているのか、懸命に考えているようだった。

「例えばなんだけど、あさみさんだったらどう――」

「構いません」

　ふと見ると、いつの間にかあさみは両手を膝《ひざ》の上に置き、まっすぐに愛梨を見つめていた。

「なんとなく自分でも感じているんです。もうひとりの自分が事件に関わっているんじゃないかって。先日のカウンセリングもそのためだったんですよね？」

「なにか、気になることとかあるの？」

「いいえ。私には推理力も洞察力もありません。ただ感じるだけです。渋谷先生はなにもなかったって仰《おっしゃ》っていましたけど、たぶん私を安心させようとしているんだなって思います」

　賢い子だな、と思う。

「確かに、知らないことを知るのは怖いです。でも『真相』っていうのは、都合良く目をつむってはいけないような気もするんです」

　あさみは自分に言い聞かせるように頷いた。おそらく前々から考えていたのだろう。

「私はなにをすればいいんでしょうか」

　愛梨もしっかりと目を見て言った。

「あなたの髪の毛が、一本欲しいの」

　はっと息を飲んだのがわかった。その意味を理解したからだろう。

「ＤＮＡ検査、ですか」

「ええ。そうなの」

「事件現場に、私の痕跡《こんせき》が……」

途中まで言って口ごもった。自分自身がどこまで関わっているのかがわからずに不安になったのだろう。

「あなたじゃない。もうひとりのあなたよ」

「そうですけど……」

愛梨は、決して強要しまいと思っていた。だから、アイスコーヒーをかき混ぜながら、ひたすら待った。

やがてあさみが言った。

「どれでもいいですか？」

「え？」

「髪の毛」

「あ、うん……」

あさみは指先に艶《つや》やかな髪を絡めると、選《え》りすぐるようにおどけて、一本を抜き取った。

それが不安の裏返しであることはわかったが、愛梨がジッパー付きの小袋の口を広げると、その笑みも消えた。

「証拠品って感じで、なんかリアルですね」

努めて明るく言うものの、不安は隠しきれていない。

愛梨は大切にバッグに仕舞うと、フォークを持ったあさみの手をそっと握った。震えていたからだ。

その小刻みな振動に触れ、愛梨は罪悪感に押しつぶされそうになる。

「ほんとはね、こういう時って同意書とか立会人とか写真撮影とか、手続きがいろいろ必要なの」

あさみは顔を上げた。愛梨は、それがDNA鑑定を事件捜査の証拠として使用するためであることにあさみが気づくのを待って続けた。

「だって、帰り道に私が酔っぱらってなくしてしまうかもしれないし、他の髪の毛と混ざっちゃうかもしれない。だから、裁判になっても、これは証拠にはならない」

あさみの顔に困惑の色が広がる。

「鑑定をする前に、もういちど聞いておきたいの。真実を知りたい？」

頷いたあさみに、愛梨は笑みをつくった。

「でも、突然いま言われても困るわよね？　でもね、私が次にあなたに会うのは真相を伝えるときなの。その時に気が変わったら言って欲しい。だって、これは正規の手順に則《のっと》っていない、証拠能力のないものだから」

そうすることで、彼女が否定したくなったときの逃げ道をつくっておきたかった。それだけ、これから彼女を待ち受ける試練は大きなものになるような気がしていたからだ。

またそれは、愛梨自身の逃げ道である気もしていた。辛いことを伝えるための……。

た。

そこから二分ほどだろうか。あさみは黙っていた。窓の外を眺めて、そして愛梨を向いた。

「愛梨さん、お願いがあります」

「なんでも言って」

「恵比寿においしいラーメンがあるんですけど、一緒に行ってもらえませんか？　女性ひとりだと入りづらい店なので」

あさみは覚悟を決めたのだな、と愛梨は感じ、しっかりと頷いた。

「ラーメンは刑事の主食。私は味にけっこううるさいわよ」

そして、自分がどんなにラーメンが好きなのかを、まるでＯＬがおすすめランチ情報を共有するかのように伝えた。

不器用だけど、これくらいしか、あさみを勇気づける方法が見つからなかったのだ。

10

ＤＮＡ検査の結果がもたらされたのは、翌日の午後のことだった。野田が最優先で検証作業に当たらせたのだ。

目黒署の小会議室。安っぽい木目プリントが剝《は》がれたテーブルを挟んで、野田と有賀が座っている。愛梨の隣には渋谷。

テーブルの上に置かれたＤＮＡ鑑定結果を見て、みな沈黙していた。

「これを、どう捉《とら》えればいいんだ」

野田が言った。相当に驚いているはずだったが、冷静沈着な態度はいつもと変わることがなく、表情から感情を読み取ることはできなかった。

「ただ、辻褄《つじつま》は合うな。それで渋谷さん。これは起こりえますか」

渋谷は重く頷いた。

「はい。異なる人格が身体《からだ》を共有しているだけで、思考は全く別の人間です。お互いに記憶を共有もしていません」

「他に目撃者がおらず物証もない場合、事件の立証は可能ですか？　本人の自供もとれないとおっしゃいましたよね？」

「はい、提出させていただいた録音が全てです。裁判等につきましては私の専門外ですが、おそらく別の医師による鑑定が必要になるでしょう。私は彼女に関わりすぎていますから。検察側も捜査をすると思いますが、事件そのものについては確認する術《すべ》がありません」

「つまり、我々警察も証拠を持っていない限り、訴追することはできないんですね？」

「はい」

有賀が、愛梨に向き直った。

「その状況で、和泉多摩川の事件は冤罪だと、お前は言うんだな」

「はい。いくつか行動を裏付ける証言も得られていますが、正直、疑心暗鬼にもなります。それだけ特異な状況といいますか」

有賀を制して、野田が冷静な声で言う。

「もちろん、間違いがあるなら正すべきだ。タカシが冤罪だと発表すれば、じゃあ真犯人はだれだということになり、現状それは自供している笹野しかいない」

野田は腕を組み、低い声で言った。

「しかし、お前たちが言っているのは、笹野は嘘《うそ》をついているということなんだな？」

「そのとおりです」

「どうするんだ、これから」

「真相を知るのは笹野だけですが、彼には覚悟があります。嘘を最後までつき通すでしょう。それを動かせるとしたら、彼女しかいません」

「この結果を伝えるのか、辛いな。大丈夫なのか？」

「私が直接話します」

「違う。お前のことだ」

「はい？」

「感情に飲み込まれずに伝えられるのか、と聞いているんだ」

彼女が憂いの目を見せ、悲しみに突き落とされたとしても、中途半端に終わらせずに全てを伝えられるだろうか。傷口に塩を塗るようなことが……。

それでも、これは自分にしかできない。そう言い聞かせ、愛梨は頷いた。

「このままだと笹野は再逮捕されるだろう。冤罪の連鎖を止めるのは、お前にかかっている」

愛梨は、その意味を噛みしめた。

会議室を出ると渋谷が声をかけてきた。

「青山さん、僕は近くで待機しています。もし、彼女に異変があったらすぐに呼んでください」

「はい、その時はよろしくお願いします」

「大変な役割ですが、いまの状況だと、青山さんが一番信頼されていますから」

「あさみさん……。せっかく心の平穏を取り戻せたのに、またかき乱してしまうようで、いまはエネルギーを分け与えてくれているような暖かさを感じて、心強かった。
愛梨の肩に渋谷の手が置かれた。普段ならセクハラだと言ってやるところなのだが、い
「誰も傷つけずに真実を知ることは、できないのかもしれませんね」
心苦しいです」

あさみには、花屋の閉店後に行くと言ってあった。他の人間に聞かれたくない話をするし、ひょっとしたら真相を知って取り乱してしまうかもしれない。かといって警察署に呼び出すようなことはしたくなかったのだ。

半分ほどおりたシャッターの下から覗きこむと、帳簿でもつけていたのか、コンピュータディスプレイから目を上げた。

「いらっしゃいませ」

いつもと変わらない明るい声だった。

「あとちょっとだけいいですか。明日の発注メールだけしておきたくて」

「もちろん」

愛梨は、所狭しと並べられた花々を愛《め》でながら待つことにした。足元を見ると、夜を迎えた月下美人がますます甘い香りを放っている。

花に囲まれていると、気持ちが妙に穏やかになる気がした。刑事になってから、心に余裕ができていなかったのかもしれない。

「すいません、お待たせしました」

あさみはシャッターを閉めると、奥から丸イスを持ってきた。普段は外にならべてある花を取りこんでいる関係で、花が両肩に触れるくらいの狭い空間だったが、これ以上に適した場所はないように思えた。

一メートルほどの間隔で向き合った愛梨は、どこから話そうかと思案した。

ショックの少ない順？　それとも時系列？

愛梨はそっと深呼吸をした。花の香りが肺に満たされるのを感じながら話し始めた。

「あさみさん、これからお話しすることは、先日、渋谷先生のカウンセリングによりもうひとりのあさみさんから得た証言と、我々の捜査で確認された事実をまとめたものです。あなたにとって、決して愉快な話ではありません。もし辛かったら、いつでも止めてください」

あさみが首を横に振った。笑みを浮かべていた。

「前にもお話ししましたが、たとえこの先、重荷を背負うことになったとしても、私は真実を知りたいと思います」

その目は、愛梨よりもよほど揺るぎない決意に満ちていた。

愛梨も覚悟を決めた。全身全霊をもって、真実を伝える。そして、彼女を守る。

「はじめに言っておきたいのは、これから先のことはあなたではなく、もうひとりのあさみさんの身に起こった出来事です。そして、これから三つのことがらについてお話をします」

愛梨は手帳を開くと、しばらく息を吸いこんで、また閉じた。

「まず武田医師が殺害された件について。現職警察官である笹野が自首してきました。動機は嫉妬です。笹野はあなたをストーキングしており、武田クリニックで長い時間を過ごすことを快く思っていなかったのです」

あさみは頷いた。

「ニュースで聞いて、女性の名前は伏せられていたけど、ひょっとしてそうなのかなって思っていました。いい人そうに思えたのですが」

そうですね、と愛梨は同意する。

「笹野が武田を殺害したのは間違いありません。物的な証拠もありますし、犯人しか知り得ない供述をしていますので。ただ、真の動機は嫉妬ではありません」

もう一度、息を吸い込む。

「あなたが助けを呼んだからです」

ええっ、と顔を歪《ゆが》めた後、あさみは思い当たったような顔をした。

「あの発信履歴……」

「その通りです。もうひとりのあさみさんは、笹野のことを知っていて助けを呼んだのです。これについては、のちほどご説明します」

愛梨は、あさみが頷くのを待ってから続けた。

「では、なぜ笹野は武田を殺害したのか。あなたは、武田クリニックに行ったときのことを覚えていないということでしたよね？　音楽療法、でしたか」

「はい。三十分から一時間くらいをそこで過ごすこともありました。武田先生が親身にしてくださるので、落ち着いてしまうというか」

「その時間、どんなことを話したり、どんな曲を聴いていたりしたか説明できますか？」

「えっと、音楽を聴いて横になるととても気持ちが良くて、ひょっとしたら寝てしまっていたのかも知れません。だからよく覚えていないんです」

「そうでしょうね。知らなくて当然なのです」

「えっ？」

「あなたがクリニックにいるときは人格が交代していたからです。いや、正確に言うと、武田の催眠誘導によって人格を交代させられていたと言った方が良いでしょう。覚えていないのはそのためです。そして、武田はそれを利用して、あなたに暴行していました」

なるべく抑揚をつけずに言った。

あさみは胸のあたりに置いた手のひらをぎゅっと強く握り、俯いた。

「あさみさん……」

声をかけると、あさみは小刻みに頭を振りながら、また背筋を伸ばした。冷静を装ってはいるが、感情を無理やり封じ込めているのは目の充血や、震える吐息に表れていた。

「大丈夫です。続けてください」

この先を話すのがすでに辛くなってきたが、その決意には、むしろ愛梨の方が勇気づけられているかのようだった。

事務的な声を意識して続ける。

「だから、もうひとりのあさみさんは笹野に助けを求めたのです。ではなぜ笹野だったのか。それが二つ目の真実です」

「もうひとりのあさみさんはどうしていまになって現れるようになったのか。そして、助けを求めた相手がなぜ笹野だったのか……」

あさみは、次に何を言われるのか、怖くて警戒するような目で頷いた。

「ふたりは、あなたが中目黒に来るもっと前に会っています。あなたのお父さんが亡くなった際、事件被害者救済の件で話をしています」

「そうなんですか……私は覚えていません。あのときは、もうなにがなにやらで」

「そうでしょう。多くの警察関係者が入れ代わり立ち代わり話を聞いたでしょうしね」

「その中に、あの人が?」

「ええ。しかし、それだけなら笹野に人を殺《あや》めるほどの感情を抱かせる関係にはなりません」

「じゃあ、どうして笹野さんは私のために……?」

愛梨はすこし前寄りに座り、あさみの目をしっかりと見つめながら言った。

「あなたのお父さんだからですよ。娘を守るために犯行に及んだのです」

あさみは表情すら変えることがなかったが、すーっと流れ落ちた涙は、どこにもひっかかることなく頬《ほお》を伝って落ちた。

「昨日いただいた毛髪をＤＮＡ鑑定し、９９．９９％の確率で親子関係が証明されています」

「あの……」

あさみは、瞬《まばた》きをする度《たび》に涙を押し出しながら、懇願するような目を向けたが、言葉にならないようだった。

愛梨は手をとった。

「あさみさん、大丈夫、大丈夫よ。私がついてるから」

あさみが息を整えるまで、しばらく時間が必要だった。やや頭をもたげたプルメリアの花が、あさみに寄り添うように揺れていた。

「あの人が……私の本当のお父さんなんですか？　そして私を守るために、殺してしまったんですか」

「そう考えています。この動機については笹野はなにも認めていません。しかし、ＤＮＡ鑑定の正確さはご存知だと思います」

「どうして……本当のことを言わないんですか」

「やはり、あなたを守るためです。言ってしまえば、あなたが乱暴されていたことも伝わり、ショックを受けると思ったからでしょう。だからストーカーを装い、あなたとは無関係を貫いているんです」

「DNA鑑定の結果は、知っているんですか」

「いえ、知りません」

「まだ……見せていないのですか」

「ええ、あなたが望まない限り、この結果はどこにも行きません。あさみさんは、五年前に和泉多摩川で殺害された白井さんが本当の父親でないことは、知っていたのですか？」

「はい。私が中学にあがるころに母に聞かされました。母はひとりで私を産んだあと、あの人と結婚したと聞いています。自分で戸籍を調べるような機会はありませんでしたが、母も隠すつもりはなかったようです」

「そうですか……」

その前後で、いろいろなことが起こることになるのだが、大変でしたね、と言うのはなんだか陳腐な気がした。かといってそれに代わるような、気持ちを表せる言葉を持ち合わせていなかった。

「あとひとつですよね」

あさみが言って、愛梨は顔を上げる。

そう、三つ目の真実。これがもっとも口を重くさせる。

「ええ……。でも大丈夫？　あなたにとって苦しい話を聞かせてしまっている。これ以上は……。もしよかったら、渋谷先生に来てもらう？　すごく心配していて、近くまでいらしているの」

「ありがとうございます。でも、大丈夫です。いえ、大丈夫じゃないけど、いま聞いておきたいのです。あとになったらきっと怖くなって聞けなくなる」

愛梨はあさみの肩をさすってやった。それから背筋を伸ばして座り直すと、ふうっと息を吐いた。

「最後の真実。それはあなたの解離性同一性障害についてです。渋谷先生に話を聞いたところ、症状は五年前の事件よりも前からその兆候が出ていたはずだというのですが、その頃のことを覚えていますか？」

「いいえ。自分でもあのころは辛かったという記憶しかありません」

「でも、これをきっかけに渋谷先生と出会い、治療の甲斐《かい》があってそれからは症状は出ていなかった。普通の高校生として日々を過ごし、いまは立派に社会人として生活している」

あさみは頷いた。

「それがなぜいまになって、もうひとりの人格が現れたのか。きっかけになるようなものがあったのか。これには、やはりその事件が関係していました。この記事を読まれたことはありますか」

愛梨は週刊誌のコピーを手渡した。タカシの母親が冤罪を叫んでいる記事だ。

「この記事ではありませんが、テレビで見た記憶があります。ニュース番組のなかの特集でやっていて、すぐにタカシくんのことだってわかりました。でも、これがきっかけなんですか？」

「そう、これが渋谷先生の『呪文《じゅもん》』を解いてしまった……。実は、笹野はこの事件についても、自分の犯行であると自供を始めています」

「えっ、じゃあ、この記事の冤罪というのは正しいのですか」

「どうやらそのようです」

「そんな……」

「ただ、それだと辻褄が合いません」

「どういうことですか？」

「笹野は、あなたに近づくために父親を殺したと供述しています。でも、彼があなたの本当の父親であることは証明されています。となると別の見方をすることができます。笹野は我々がＤＮＡ鑑定したことを知らない。だからもっともらしい嘘をついているということです。そして、彼が嘘をつく理由は常にひとつ。大切なひとを守るためです」

「あの……、よく、飲み込めないのですが」

「ええ。そうよね、私でもきっと混乱する。白井、つまり当時のあなたのお父さんを殺害したのが、もうひとりの自分だと言われたら」

あさみは激しく瞬きをした。懸命に理解しようとしているのかもしれない。見たことがない反応だったので、もうひとりのあさみが姿を現してしまうのではないかと心配にもなった。

「私が……あの人を……殺したんですか？」

「あなたではなく、もうひとりのあさみさんです」

おかしな冗談でも聞いたかのように口を開いたが、様々な感情が入り乱れた表情はバランスを失い、崩れていた。

「でも、悪いのは白井です」

いったん息を整えた。

「白井もまた、あなたに暴行を加えていたんです。まだあなたが中学生の頃です。凄《すさ》まじいストレスに晒《さら》されたあなたの心はふたつに分かれ、もうひとりの人格をつくった。そして辛いことは彼女が受け持つことであなたは心のバランスを取ろうとしていたんです」

もはや、あさみの表情に変化は見られなくなってしまった。どちらのあさみと話をしているのか、わからないくらいだった。

「いまとなっては当日の足取りを追うことはできません。防犯カメラも今ほど普及していなかったし、あったとしてもデータは残っていない。ただ、夜遅くに河川敷に行くことは度々あったそうですね？　事件とは別の日ですが、当時の同級生数人から河川敷にいるあなたと話したことがあるという証言を得ました。なにをしているのかと聞くと『いまは家に帰りたくない』と答えたそうです。お母さんは夜遅くまで懸命に働いておられた。それに対して白井は日雇いの仕事を時々するくらい。ふたりで家にいたくなかったのでしょう」

「どうしてだろう……私……ぜんぜん覚えていない」

むしろ記憶がないことのほうが怖くなったかのようだった。みずからの両肩を抱き寄せて俯き、泣いた。綺麗《きれい》な髪の毛がその表情を覆い隠した。

「辛い記憶はもうひとりのあさみさんが全て背負っていた。そうすることで自分を守っていたんです。そして、抜けた記憶にあなたが戸惑いを感じないように、渋谷先生は暗示をかけたのです。そのおかげで、負の記憶に苛《さいな》まれることなく日常を送ることができた」

かがみ込み、エプロンで顔全体を覆って嗚咽した。その息継ぎの合間に言葉を繋ぐ。

「その、彼女が、父……を？」

彼女にとってなんと呼称していいのか迷いが見られた。

「当時の捜査に関わった警察官、そして渋谷先生が、もうひとりのあさみさんの記憶を紡いで、おぼろげに事情がわかってきました」

あさみの過呼吸が収まるのを待ってから続けた。

「あの日、河川敷でお母さんの仕事が終わるのを待っていたところに白井が現れ、あなたに乱暴しようとした。そこに通りかかったのがタカシくんです。彼のシャツには大量の血痕《けっこん》が付着していましたが、そのつきかたは特殊な状況でした。あのような痕跡が残る状況を推察してみました」

愛梨は手帳をめくり、語りかけるような口調で言った。

「あなたはタカシくんには優しかった。だから彼はあなたを助けようとした。しかし反撃にあって白井に馬乗りされ、顔面を殴られます。白井の血液が付着したのはその時です。致命傷となった傷から出た血液がタカシくんに滴ったのです。ただ、その致命傷は後頭部でした。つまりタカシくんには手がとどかない」

あさみは鼻をすすりながら頷いていた。

「……私が、後ろからなにかで殴ったということですね」

「はい。おそらく河川敷の石でしょう。先ほども言いましたが、記憶がないのはもうひとりのあさみさんが全てを背負っているからで、渋谷先生によれば、それは一種の防衛反応だということです」

「彼女と、話ができたらいいのに……。謝らなきゃ……。私をずっと助けてくれていたのに……」

「私も話したかったです。しかし、おそらく、もう会えないとのことです」

あさみが、すっと顔を上げた。

「先日のカウンセリングの時、もうひとりのあさみさんは自らの存在を消すことを選んだそうです」

「ど、どうしてですか」

すがるような目だった。

「あなたを、守るためです」

大切な友人を失ったかのように、また顔を伏せた。

「私は……守られてばっかりだ……いったい、これから、どうすればいいのですか」

愛梨は立ち上がると、店内の花々を愛でながら言った。

「いまお話しした内容で客観的に証明されているのは、笹野とあなたのＤＮＡ鑑定の件のみです。もうひとりのあさみさん、武田、白井、あなたのお母さん。状況を知る者はだれもいません。笹野が唯一の証言可能な人物ですが、彼は覚悟を決めています。きっとなにも語らないでしょう」

愛梨はふたたびあさみに向き直った。

「彼の覚悟の前には、警察は無力です。おそらく証言に基づいて和泉多摩川の事件も再審議され、タカシくんは無罪になるでしょう。そして笹野は二件の殺人罪で起訴され、裁判ということになります」

「私を、逮捕しないんですか」

「逮捕にはそれ相応の手続きが必要ですが、その要件を満たしません。物的な証拠や証言があるわけではないので。笹野が話せば別ですが、どうやらそれはなさそうです。でも、私は、あなたには真実を知っておいて欲しかったのです。そして、その重荷に耐えられると思ったから、お話をさせていただきました。あなたの人生が、あなただけのものになるその陰に、なにがあったのかを」

愛梨は俯いたままのあさみを見て、抱き寄せた。

小刻みに震える体を包み、背中をさすってやった。

「今日は寝られないかもしれない。悪い夢を見るかもしれない。この先、不安に襲われるかもしれない。でも大丈夫、私がついてる。あなたがどんな選択をしても、ぜったいに守る」

吠《ほ》えるようなあさみの泣き声を、愛梨は胸で受け止めた。

11

愛梨は成田空港にいた。早朝で、人もまばらな展望デッキ。片隅のベンチに座り、空を見上げていた。

隣に座る渋谷が言った。

「いろいろお世話になりました」

「こちらこそ、ありがとうございました」

「わざわざ見送りに来ていただかなくてもよかったのに」

「いいえ。ちゃんと日本から出ていくのを見届けないと」

渋谷は愉快そうに笑った。その横顔は、重圧から解かれたからなのか、柔らかく、そしてかわいらしいとすら思った。

「あさみさん、勇気がいりましたよね」

「ええ。すごく、強い人です」

愛梨は強く頷いた。

あさみに真相を伝えた翌日、彼女は目黒署を訪れていた。

入り口の前でどうするべきか迷っている時、検察に身柄を送るために笹野が護送車に乗り込むのを見たあさみは、護送車に立ちふさがった。その人は犯人ではありません、と。

「お父さん、もういいんです！　ありがとう、もう、守ってくれなくても、いいんです……ごめんなさい」

泣きながら崩れ落ちた。

そして、五年前の和泉多摩川の事件は冤罪であり、その犯人は自分であると訴えた。

笹野は、真相を語りはじめたあさみの声をかき消そうとするかのように、泣き叫び続けたという。最後は嗄れた声を振り絞り、止《や》めろ、止めてくれ、と子供のように泣いていたそうだ。

しかし、再び野田と対面した笹野は、あさみの覚悟を悟ったのか、全てを話した。


——あさみの母親である佐恵子《さえこ》と私は、大学の時に付き合っていました。ある日、佐恵子から妊娠したことを告げられたのですが、私にはその気はなく、中絶を迫りました。

——それをきっかけに関係がギクシャクした私たちは別れることになるのですが、私は中絶をしたと思っていました。そして卒業後、警察の道に入り、彼女の事は忘れていきました。

——私たちの人生が再び交わったのは、和泉多摩川の事件の時です。佐恵子から連絡がありました。話すのは十五年ぶりでした。

です。

――とても取り乱していたのですが、どうやら半狂乱で帰宅した娘から『父親を殺してしまった』と聞かされたようでした。そして、あさみが私の娘であることを知らされたのです。

――私はすぐに駆けつけました。そこで実の娘と対面しました。とても怯《おび》えていましたが、同時に様子がおかしいことにも気づきました。これまで多くの被害者と接してきたので、あさみが精神的に危うい状況ではないかと思いました。

――佐恵子の話によると、はじめは躁鬱《そううつ》状態だと思っていたようですが、以前から全く別の性格になることがあると聞きました。その原因は父親にあったのです。

――あさみ本人から、白井に乱暴されていたことを聞かされ、私は責任を感じました。自分のせいで不幸にさせてしまったと。だから絶対に守ろうと思いました。

――調布署は自閉症の被疑者を確保しているとのことだったので、母娘にはなにも言うなと指示しました。被疑者といっても責任能力がないと判定されれば、だれも傷付かないと思ったからです。

――私が調布署を訪れた際、被疑者の精神鑑定を行う渋谷先生も来署していることを聞きました。さらに解離性同一性障害において世界的に有名な精神科医ということを知り、あさみを診《み》てもらうように手配しました。その甲斐あって、あさみの状態は安定します。

――佐恵子とはよりを戻すことはありませんでしたが、時々会って、話を聞きました。彼女は大学を中退し、あさみを出産。ひとりで育ててきたものの生活は困窮し、はじめたキャバクラでのアルバイトで白井と出会い、あさみが二歳の時に結婚したそうです。

——白井は不動産業で成功しており、それなりに羽振りはよく、あさみのことも実の娘のようにかわいがっていたそうでした。しかし仕事がうまくいかなくなると次第に荒れはじめ、あさみに対しても乱暴をはたらくようになっていたそうです。

——佐恵子は……三年ほど前に亡くなりました。その間際、あさみのことを頼まれた私は、なにがあっても守り通すからと約束しました。

——渋谷先生によると、日常生活を豊かに過ごすために、あさみの辛かった頃の記憶は暗示により封じ込めているということでした。そのため、その時期に会っていた私のことは覚えていない。でもそれでもよかったのです。すこし離れたところから、そっと見守ろうと思いました。

——佐恵子の命日には店に行き、ほんの少しだけ言葉を交わしました。プルメリアは佐恵子が好きな花でした……。


あとは、愛梨と渋谷の推察の通りだった。

タカシの冤罪の報道が、眠っていたもうひとりのあさみを刺激し、時々表に出るようになった。武田は、花の配達に訪れたあさみと話すうち、解離性同一性障害であることを悟り、それを悪用して暴行を働いていた。そして、もうひとりのあさみは頼れる唯一の人物である、笹野に連絡をしたのだった。

笹野は武田に面会を申し入れるが多忙を理由に断られ、すぐに着信拒否をされる。そこでクリニックで待ち構えて乗り込んだ。

しかし、武田殺害を意図していたわけではなく、起訴することも考えていなかった。あさみのことを公にしたくなかったからだ。警察官の立場で話をすれば、これ以上つきまとわないよう圧力をかけられると思った。

しかし武田は違う捉え方をした。あさみのことを公にできないのなら、手を出せないのは笹野の方だろうと。

そして執心の念もあってか、笹野を挑発するかのように、あさみとの行為の様子を嘲笑混じりに話しはじめた。それに激昂した笹野は、武田に掴みかかっていた――。

笹野は、ストーカーの嫉妬による殺人事件に見せかけるために、あさみへの手紙や写真を偽造し、発見されるように隠していた。犯行から自首するまでに時間差があったのは、そのためだった。

また携帯電話には佐恵子とのやりとりや、佐恵子から送ってもらったあさみの写真などがあったために消去したが、それでもいつか、もうひとりのあさみが連絡してくるかもしれないと思い、使える状態で所持していたのだった。

「どうなるんでしょうかね、あさみさんは」

渋谷が遠くの雲を見ながら聞いた。

「どうでしょう。警察として今までに経験したことがない案件なので」

「起訴されますか？」

「そうですね、精神科医をわんさか呼び出して、大騒ぎになるかもしれません。ただ物証がないので検察も起訴猶予とするかもしれませんし、犯罪が認定されたとしても正当防衛が認められるかもしれません。いずれにしろ、彼女をサポートするつもりです」

「僕にもできることがあったら言ってください。すぐに駆けつけますから」

「ええ。お願いします」

「そうだ。あなたのカウンセリングでも大歓迎ですよ」

「え？　私？」

「ええ、プライベートではいろいろありそうじゃないですか」

「放《ほう》っておいてください。世の中の精神科医があなたを残して絶滅したとしても、あなただけには私の心を晒すようなことはしません」

「あらら、ずいぶんと嫌われちゃったなぁ」

後ろ頭を掻く渋谷に、愛梨は不覚にも吹き出してしまった。

存在が怪しいし、勝手なことばかりするし、自分の考えを話さない。結婚相手としては最悪な男で、奥さんが逃げるのも頷ける。

「なにを頷いているんです？」

どうやら本当に頷いてしまったようだ。

「いや、別に」

渋谷は深呼吸しながら、背伸びをした。

「さて、僕はそろそろ行きますかね」

立ち上がった渋谷に続いて、愛梨も腰を上げる。

渋谷は自動ドアに向かいながら、ジャケットから航空券を取り出して確認している……。

その後ろ姿を見ていて、愛梨ははっとした。

どこが、というわけではない。ただ、以前から頭のなかにあった違和感。それが音を立てながら愛梨になにかを訴えていた。

「ん？　どうしました？」

振り返った渋谷の笑顔。

なんだろう、この気持ちは。なにか重要なことに気づいていない気がする。

「青山さん？」

顔を覗き込んだ渋谷。万人を癒《い》やすような笑み。そして、嘘。

突然、背筋を氷でなぞられたような感覚になった。

そうだ、やはり、この男、嘘をついているんだ。

愛梨は額に手を当て、ふらふらとベンチに座り込んだ。

「大丈夫ですか？　顔色、悪いですよ」

愛梨の頭の中で様々なことがらが猛烈に掻き回されていた。それらがゆっくりと手を取り合う。

愛梨は背中をもたせかけると、ふうっと、長めに息を吐いた。しゃがみ込んで心配そうに覗き込む渋谷に聞いた。

「渋谷さん、刑事コロンボっていうドラマ、知ってますか？」

「え、ええ。テレビで見たことありますよ。『ウチのカミさんがねぇ』ってやつですよね？」

「そうです、それです」

渋谷は、事情が飲み込めないといった様子で、ふたたびベンチに座り直した。

刑事コロンボはかつて人気を博したアメリカのテレビドラマで、薄汚れたレインコートを着た、一見うだつの上がらない刑事が鋭い洞察力で事件を解決する。

「私の父が大好きで、よく一緒に見ていましたよ。それで、あのドラマって先に犯人がわかるじゃないですか。犯人は皆、頭脳明晰《めいせき》。見ている方は、コロンボが手がかりを摑めないのではないかとハラハラする」

そうでしたね、と渋谷は頷いた。

「今回の事件、コロンボだったんですね」

渋谷は首をひねったあと、笑顔で言った。

「ええ。青山さんは名刑事でしたね」

「違いますよ」

「ん？」

「私はテレビの中にいて、あなたは外」

「なんのことです？」

「今回の捜査ですが、要所要所でアドバイスをしてくれたのは渋谷さんです。それによって私は真相に辿り着くことができました」

「それが、仕事でしたので」

「そうでしょうか？　あなたは、コロンボを見る視聴者のようにはじめから全てを知っていたんじゃないですか？　そして私が道をはずさないように誘導した」

「いやいや、そんなことはないですよ。なにが起こっているのかわからずに大混乱でした」

「私にはずっと違和感があったんですよ。なんだろ、なんだろって。でも、あさみさんのことを聞いたとき、『あぁ、このひとが来た目的は事件解決よりもあさみさんを助けるためなんだ』って思いました」

「まぁ、そう言われても仕方がないかな」

「でも、それでもおかしいんですよ。でもそれがなにかわからない。こんな時、刑事は前提を疑います。ボタンのかけ違いがどこから起こっているのか。いまの推理が成り立っている前提条件は本当に正しいことなのか、と」

渋谷は大学生と討論しているように余裕の表情のままだった。

「興味深い思考ですね。それで、どこまで戻るんです？」

「あなたが日本に来た理由です」

「青山さんは、たったいま、あさみさんのためだとおっしゃいましたよ？」

愛梨は首を振る。

「その前提を間違えていたとしたら」

「えっ？」

「極端な話、あなたが来たのは『助ける』ためではなく『騙《だま》す』ためだとしたら？　そしたら違う景色が見えるかも知れない」

「面白いアプローチですねぇ」

渋谷は何度も〝面白いなぁ〟と頷きながら曖昧な笑みを浮かべていたが、やがて愛梨の目を覗き込んだ。

「どうやら、逃げられそうにないな」

「そんなことないですよ。ここで回れ右をしてゲートを通り抜けてしまえばいい」

「いいえ。そんなことをしたら、あさみさんを守ってもらえなくなる。人質を取られているようなものだ」

「ええ？」

「参ったな……。そこまで突っ込まれるとは思っていなかった。できれば触れずに戻りたかったのですが。さすがコロンボさんだ」

愛梨は渋谷を睨みつけた。これまでなんども振り回されてきた。だから些《さ》細《さい》な挙動も見逃さないように。

渋谷は、降参です、と両手を上げた。

「お話しします。信頼関係が全てですからね……」

観念したような顔で、渋谷はため息をついた。

「言っていないことがあります」

吟味するように、何度か言葉を飲み込んでから口を開いた。

「僕が捜査に参加したのは、偶然でもなく、能力を買われて呼び出されたわけでもありません。コネを駆使して、無理やり潜り込んだんです」

「なんとなく、そんな気はしていましたよ。でも、どうして？」

「笹野さんから連絡をもらったからです」

さ、笹野?!

「え？　それは、いつのこと？」

五年前ではなく？

「武田の事件のあとです」

「なんですって！　どうしてそれを隠していたんですか！」

「あさみさんを守るためです」

言い切った。

愛梨は肺の中の空気を全て吐き出すかわりに、冷静さを取り戻した。

「聞いています。それで？」

「国際電話をもらいました。早朝でしたので、日本時間ですと事件当日の夜になります。武田という医者を殺してしまったこと。そして、なにが起こっていたのかを聞かされました。笹野さんはすぐにでも自首したかったものの、あさみさんのことが心配だった。人格障害を発症しており、もうひとりのあさみさんがかなり不安定な状況であると。警察やマスコミによって、クリニックでなにが起こっていたのかを知らされてしまったら、彼女はショックをうけて廃人になってしまうとまで心配していました。それで、僕に来てほしいと頼んできたのです」

「もともと彼女を治療したのは渋谷さんで、一番状況を知っているから？」

渋谷は頷いた。

「あさみさんが和泉多摩川の件に関わっていたことも知っていたんですか？」

「いえ。それは知りませんでした。笹野さんはそのことには触れなかったので」

「じゃあ笹野が和泉多摩川の件を自供しはじめるのも予想していなかった？」

「ええ、寝耳に水でした。ただ、ぼんやりと考えていたことがあります。笹野さんはなぜ本棚を荒らしたのか。なぜ１１９番をしたのか。それが繋がった気がしました」

それは愛梨にとって、そもそもこの事件に抱いていた違和感だ。

「な、なぜなんです？」

食いつく愛梨に対して、渋谷はすこし長めのため息をついて間をとった。

「中目黒の事件、彼ははじめから自首するつもりだったのでしょうが、その前にいくつかやるべきことがあった」

「渋谷先生に連絡をとったり、ストーカーであるかのような偽装工作をしたりしていましたよね」

「はい。その間に、あさみさんが関係していることを警察には絶対に知られたくなかった。だからわざと痕跡を残したのです」

捜査初期の犯人像を思い出してハッとした。

「男性で、身長一八〇センチ以上……」

渋谷は頷いた。

「そうやって捜査の目があさみさんに向かないようにしたのです。あとは自首をすれば彼女を事件から切り離せる、そう思ったでしょう。ところが、治療を頼んだはずの僕が捜査にまで協力していることを知って、和泉多摩川の事件に気づくかもしれないと考えた」

得心した愛梨は何度も頷いた。

「だから自分がやったと供述したんだ……」

「ええ。笹野さんには揺るぎない思いがありました。それはあさみさんを守り通すということです。それが全てだったんです」

旅行客だろうか。渋谷は子供の手を引いた父親が飛行機を指さす様子を眺めながら言った。

「笹野さんには、どんなに綿密な計画をたてても運に頼らなければならないことがありましたが、幸運でした」

愛梨は眉根《まゆね》を寄せる。

「それは、あさみさんの前に現れた刑事が、あなただったということです。あなたでなければ物事は笹野さんの計画通りに進んだかもしれません。しかし、あなただったからあさみさんは不幸にはならなかった。力強く、前に進むことを選んだのですから」

不意に渋谷が苦笑した。

「僕が現れた不自然さとか、行動の怪しさとか、納得されましたか?」

「ええ。そうですね……」

納得はできた。ただ、渋谷が見せた贖罪《しょくざい》の色。あれはなんだったのか。真実を語ってくれているのはわかるが、それは別の真実から遠ざけるためではないか。そんな気がした。

「お話ししてくれてありがとうございます。でも……、まだありますよね? はじめはわからなかったのですが、今はなんとなく摑めます」

「なんのことです?」

私は精神科医と戦うつもりなのかと、愛梨は内心、苦笑してしまった。でも、追及しないわけにはいかない。私は刑事なのだから。

「先生が時折見せる表情、いつも気になっていたんです。だれかと似てる気がして」

「僕？　誰とですか？」

おどけるように自分を指す渋谷に、愛梨は冷たく言った。

「犯罪者ですよ」

渋谷は笑みを引っ込めた。

「刑期を終えて社会復帰した犯罪者って、日常に溶け込むうちに、例えば職場の仲間たちと語らいながら笑顔を見せることもある。でも、なにかの拍子に罪を思い出すことがあるの。事件にいたるまでの憎悪や刑務所での日々、家族や友人、多くのひとに去られたかもしれない。そんな負の感情が出るんですよ、表情にね」

「僕にも、それが？」

「ええ。何だろうって思ってたけど、そう。犯罪者の顔に見えるの。贖罪の色とでもいえばいいのかしら」

渋谷は面をくらった様子だったが、彼にしては珍しく、繕《つくろ》った不器用な笑みだった。

「ご主人の素晴らしい絵を理解できないはずなのに、芸術的な表現はできるんですね」

「元、です。しかもあれは駄作です。たとえ私のような素人であったとしても、人に共感されないのなら、芸術と称したところで独りよがりと同じです」

渋谷はしてやられたというような笑みを見せたあと、値踏みをするような目で愛梨を眺め、そして言った。

「僕が居酒屋で言ったこと、まだ気にしているんですか？」

そんなことはない、と愛梨は言おうとしたが、渋谷に機先を制された。

「そうです。殺したんですよ」

その冷たい声に、愛梨はぎょっとする。

「もちろん生物学的に生命活動を停止させるという意味での『殺人』ではありませんが、単なる比喩《ひゆ》ともいえない。ある意味、本当にそうなのではないかと悩んでいたんです。それが、あさみさんです」

意外な展開に愛梨の思考は立ち止まり、声は上ずった。

「あさみさん？」

渋谷はほかに誰がいるのだ、とばかりに頷く。

「僕とあさみさんの出会いは以前にもお話ししました」

「はい。あさみさんの父親を殺したとされたタカシくんの精神鑑定を担当し、それと同時にあさみさんの主治医でもあった」

渋谷はもういちど、そして自分にも言い聞かせるように、何度か頭を振った。

「五年前、育ての父から性的暴行を受けていたあさみさんの精神は崩壊寸前でした。多くの解離性同一性障害は、極度のストレスが原因で発症するといわれています。あさみさんも、新たな人格をつくることで身を守ろうとしていた」

「それがもうひとりのあさみさん。以前、商店街で見かけました」

渋谷は、違うんです、と呟《つぶや》きながら首を重そうに左右に振った。その意味がわからなかった。

「違うって、それを治療されたのが渋谷さんなんですよね？」

「そういうことになっています」

「なっています？　どういう意味ですか」

この期《ご》に及んでもったいぶった言い回しはやめてほしい。愛梨の頭はパンク寸前だった。

前のめりになる愛梨を前に、渋谷は暴れ馬の手綱を引くように言葉を被《かぶ》せた。

「こういう状況の治療は大きく分けるとふたつあります。人格の統合か共存です。いずれも平穏な日常を送れる道を探すためです。しかし、あさみさんの場合は本当に危なかった。人格は崩壊寸前だったのです。共存も統合もできず、このままでは廃人になってしまうとすら思った。だから、私はオリジナルの人格を閉じ込めたんです」

愛梨は渋谷の迫力に頷いていたが、はたと顔を上げる。

「ん？　オリジナル？」

「いま、『あさみ』として表に出ているのは、もともとの人格ではなく、あとからつくられた人格なんです。僕は、そちらを生かすことにしたんです」

「え？　え？　じゃあ、あの怯えたような彼女が、本来のあさみさんだった？」

「はい。あさみさんは辛さから逃れるために不幸な身代わりをつくったのではなく、本来はこう生きたかったという理想をつくったのです」

「ちょ、ちょっと待って。この前、もうひとりのあさみさんはもう現れないって」

渋谷は頷いた。

「僕は悩みました。ある人格を消すということは、人を殺めるのと同じではないのかと。しかし、そうすることが彼女を救う唯一の方法で、それを可能にする技術を自分が持っていたとするなら……」

渋谷は後につくられた快闊《かいかつ》なあさみを表の人格とし、オリジナルのあさみを閉じ込めたというのか……。

「あさみさんの記憶が曖昧なのは、そのためなんですね」

「そうです。新たに生まれたあさみさんには、幼少期の記憶がありません。これは、時に混乱を引き起こすこともあるので、お母さんから聞いた家族の思い出を暗示で語ってあげました。そして事件前後の辛い記憶は、本当のあさみさんが全て背負ってくれたのです。彼女のおかげで、あさみさんの日常生活に問題は出ませんでした。実際、明るい性格は誰からも好かれていたようでした。それも、負の感情をオリジナルのあさみさんが引き受けてくれていたから」

渋谷はポケットに手を入れ、ラムネ菓子を取り出した。

「これ、覚えていますか。彼女のカウンセリングのときに使いました」

ええ、と頷く。

「あれは暗示です。オリジナルの人格を終息させるための」

「今後は、後から生じたあさみさんだけになる、と？」

「はい。それを彼女自身が望んだのです。しかし――」

渋谷は立ち上がると、滑走路の延長上にある遠くの空に目を細めた。

「僕は自殺を幇助《ほうじょ》したようなものです。彼女を二度、殺したんです。だれかを助けるために誰かを殺す。これは笹野さんと同じではないのか、と悩みました」

愛梨は、それについてなにも言うことができなかった。渋谷が抱え込んでいたことも、どれほどの重圧を感じていたのかも、想像することすらできない。

「理解はされないと思います。それでも……いや……すいません」

渋谷は最後まで言い切ることができないまま、やはり贖罪の顔で頭を下げると、お世話になりました、と言って背を向けた。

愛梨は歩き去るその姿を見送っていた。頭の中ではさまざまな思考が混ざり合い、運動能力を奪ってしまっていたかのように、すぐには立ち上がれなかった。

自分は真相を突き止めるのだと走り回っていたが、途端に陳腐なものに思えてしまった。なにも知らずに掻き回していただけではなかったのか……。

忸怩《じくじ》たる思いもある反面、この時に抱いていた渋谷への感情は、疑心でも軽蔑《けいべつ》でも、尊敬でもない、警察官と協力者という関係を超えたものだった。

彼はあさみを救い、そして私も助けられた。でも、彼はだれからも助けてもらえない人なんだと哀れみもした。そして自分が助けてあげたいとも。そういった意味では、むしろ母性に近い感情かもしれない。

いずれにしろ、こんな別れ方はだめだ。

我に返った愛梨は、慌てて後を追った。

出国ゲートの手前で追いつき、呼び止めた。

「あのっ、渋谷先生」

「あさみさんのこと、よろしくお願いします」

「それは僕のセリフです。どうか、よろしくお願いします」

深々と頭を下げた。

「私、今回のことについてはまだ頭の中で整理がつけられていません。だから、次に帰国されたら、またゆっくりお話をさせてもらってもいいでしょうか。えっと……うまく言えないですけど、事件のことが壁になるなら、それ抜きにしてもいいです。いろいろ話したいというか、なんか、ごめんなさい」

「なんで謝るんですか」

渋谷は目尻に皺《しわ》を刻んだ。

「もちろんです。また入谷のお店にいきましょう」

口角を上げると背を向けた。しかしすぐに振り返る。

「そうそう。あの絵の意味、わかったらメールください。芸術に正解不正解はありませんが、あなたがどう捉えるのか、とても興味深い」

「なんだか心理テストみたいですね」

「はい。『女心』という、もっとも難しい研究テーマに取り組んでみようかなと思って」

渋谷は最後に、おそらく作り物ではない、自分自身の笑みを見せた。

エピローグ

愛梨はギャラリーに来ていた。閉館間際ということもあって、客はいなかった。かれこれ『陽《ひ》のあたる場所』の前に立って一時間になろうとしている。斜め後ろには麻梨もいるが、愛梨の思考を妨げないようにするためか、なにも言わないでいた。

黒く塗りつぶされたキャンバス。それを見ていて、今日はいままでとは違う気持ちになっていた。暖かさを感じるのだ。真っ黒な絵なのに、なぜか陽があたっているように思えてくる。

なぜだろう？

ふと足元を見ると愛梨の影。頭上のダウンライトがオレンジ色の光で照らしていた。

「あ、ひょっとして……」

「あら、わかったかしら？」

「実は照らされていたのか、な」

頭上のライトを見上げると、麻梨は先を促すように頷《うなず》いた。

「そうか、この作品はこれだけじゃ完成していないんだわ。この絵を見ようとしてここに立つでしょ。そしたら自然とライトに照らされている。だから『陽のあたる場所』なんだ」

麻梨は驚いたような顔をした。が、すぐに吹き出した。

「すごい！　確かにそういう考え方もあるわね。まったく意図してなかったけど」

と、可愛《かわい》らしい声で笑った。

いい考えだと思ったのに、違うのか……。

「えっと、じゃ、あぶり出し！　陽があたるような暖かいところに持っていくと、なにかが浮かびあがるとか」

今度は理解を超越してしまったのか、麻梨はまったく反応ができていないようだった。

つまり、違うのね。

「えー、もう降参！　だいたい解釈を見る人に任せるっていうのは逃げじゃないんですか？　この作者ならあり得ます。ああいえば、こう言う。そして『私は、お前には理解できないような崇高な世界に住んでいるのだ』って主張したいだけの男じゃないですか？」

そこで我に返る。

「の、ような気がします」

「ふふふ、よくわかりますね。まるで元奥さんみたいな言い方」

「あ、いや」

この画家とはどんな関係なのですか、と聞いてみたくなるのを抑えた。

「芸術はひとによって様々な解釈があっていいんです。正解なんてない。だって、見てくれるひとが何かを感じ取ってくれて、はじめて完成するのだから」

「じゃあ、私も正解でいいですか」

「もちろん」

　ふたりして、また絵を見る。

「だけど、売る時はこのライトもセットじゃないとだめね。価格には工事費も入れるべきかしら。あとはあぶり出しのためにカセットコンロをセットにしなきゃね。でも、きっと海苔《のり》を焼いているみたいな光景になるわね」

「やっぱりバカにしてませんか」

「していないわよ」

　と笑う声は、やはりバカにしているように思えた。

「でもね、考え方はかなり近いと思う。答えはこの絵の中にあるわけじゃないから」

「絵の外に意味があるなら、その作家は絵描《えか》きとしての責任を放棄してませんか？　だいたい――」

　次々と湧《わ》いてくる苦言を、麻梨がやさしく押しとどめる。

「そういう意味じゃなくて、思考を促す芸術、と言えばいいのかしら」

　まったく意味がわからない。

　首をかしげながら、ふと渋谷のことを思いだした。成田空港に送ったのは昨日のことなのに、ずいぶんと時間が経《た》ってしまったように思えた。次いであさみのことも。

あさみは、いろんなことを知らされて、いまは絶望の底にいるかもしれない。しかし渋谷も、笹野も、あさみのことを本気で守ろうとしていた。それを知りえたことは、暗闇《くらやみ》の中で行き先を示す、小さくとも揺るぎない光――道しるべになるのかもしれない。

ん？

愛梨の頭の中でなにかが転がりはじめた。収まりもなく、ゴロゴロと。

また、黒塗りされた絵に目をやる。そこから後ずさりしてみる。

「あれ？」

突然、思考のとっかかりが見えた気がした。すると、それが呼び水のようになって、するすると考えが引っ張り出されてきた。

「たとえば……宇宙空間のようなところに漂っていたとすると、背中に太陽があたっていても周りは暗いですよね。あとは……そう、目を閉じているとか。光が見えなくても、陽のあたる場所にいるのかもしれない」

麻梨は否定も肯定もしなかった。振り返ったわけではなかったが、笑っているようにも思えた。自分の納得する答えが見つかったという実感があったからだ。

自ら消えることを選んだ本当のあさみ。でもいまも心の中のどこかにいるのなら、そう、彼女がいる場所はこんな所なのではないだろうか。

絶望の淵《ふち》に彷徨《さまよ》いながらも、もうひとりのあさみは太陽に照らされたところにいる。けって外に出て行くことはできなくても、共有する身体のなかでその暖かさを感じているのかもしれない。そんな気がした。

だから、あさみにはこれからも陽のあたるところを歩いて欲しい。

そして愛梨は自分のことも思う。

私は陽があたるところにいながら、暗闇にいると思い込んでいなかっただろうか。

ネガティブな過去から脱出したい。今までの誤りを清算したい。それが生きるモチベーションになっていて、ポジティブな気持ちをエネルギーとして使ってはいなかったのではないだろうか。

同じ前に進むのなら、暗闇に追われるより、明るい方を目指していきたい。

それが、この絵に感じた〝ぬくもり〟なのだ。

「これ――いい絵ですね」

愛梨は呟《つぶや》いていた。

Haruki Bunko
ハルキ文庫

か 18-1

アナザー・マインド ×1《バツイチ》捜査《そうさ》官《かん》・青山《あおやま》愛梨《あいり》

著者　梶永《かじなが》正史《まさし》

2018年12月18日第一刷発行

発行者　角川春樹

発行所　株式会社角川春樹事務所
〒102-0074 東京都千代田区九段南2-1-30 イタリア文化会館

電話　03（3263）5247（編集）
03（3263）5881（営業）

印刷・製本　中央精版印刷株式会社

フォーマット・デザイン　芦澤泰偉
表紙イラストレーション　門坂 流

ISBN978-4-7584-4220-6 C0193 ©2018 Masashi Kajinaga Printed in Japan
http://www.kadokawaharuki.co.jp/［営業］
fanmail@kadokawaharuki.co.jp［編集］　ご意見・ご感想をお寄せください。